Hermann Löns
Mein braunes Buch
Mein buntes Buch

Hermann Löns
Werke

Mein braunes Buch
Heidegeschichten
Mein buntes Buch
Beobachtungen in der Natur

Adolf Sponholtz Verlag
Hannover/Hameln

Die Deutsche Bibliothek – CIP-Einheitsaufnahme

Löns, Hermann:
Werke / Hermann Löns. – Hameln ; Hannover : Sponholtz.
NE: Löns, Hermann: [Sammlung]

Mein braunes Buch : Heidegeschichten [u.a.]. – 1995
ISBN 3-87766-306-0 Efal.
ISBN 3-87766-336-2 Gewebe
ISBN 3-87766-366-4 Ldr.

Diesem Buch liegt eine Ausgabe von 1976 des
Adolf Sponholtz Verlages zugrunde, sprachliche Eigenheiten blieben weitestgehend unverändert
Gesamtherstellung: Ebner Ulm
Printed in Germany
ISBN 3-87766-306-0 Efalin
ISBN 3-87766-336-2 Leinen
ISBN 3-87766-366-4 Leder

INHALT

MEIN BRAUNES BUCH

MEIN BUNTES BUCH

MEIN BRAUNES BUCH

JÜRN

Auf dem braunen Heidkopfe, zwischen den krüppligen Fichten und Machangeln tauchen graue Flecke auf, vermehren sich, vergrößern sich, ziehen sich auseinander und fließen zusammen.

Zwischen ihnen, vor ihnen, hinter ihnen, bald hier, bald da, ist ein weißer und ein schwarzer Fleck; oben auf dem Heidekopfe, höher als die Fichtenklumpen und die Machangelbüsche, taucht ein dunkler Fleck auf.

Das ist Jürn, der Schnuckenschäfer vom Dieshofe; das weiße und das schwarze Ding, das sind Schimmel und Wasser, seine Hunde; das graue Gewimmel sind die Schnucken.

Fünfhundert sind es im ganzen mit den Lämmern; sie sind Jürns Stolz, Jürns Leben, Jürns Welt. Weit und breit ist keine Schnuckenherde, die auch nur halb so groß ist wie die vom Dieshofe. Der Papst hat mächtig viel Geld, und der Kaiser ist Herr über eine Masse Soldaten, aber solche Schnuckenherde haben sie doch nicht.

Die Menschen sind unterschiedlich; welche fahren in feinen Jagdwagen oder auch in den neumodischen Wagen ohne Pferde; welche haben Land und welche keins. Der Oberförster hat die schönste Frau weit und breit, und die Wietzer Bauern haben das Geld in Kartoffelsäkken; aber solche Schnuckenherde wie diese hier hat keiner.

Es gibt helle Menschen und dösige; einmal war ein Naturforscher hier, der kannte jegliches Getier und alles Kraut mit Vor- und Zunamen, und früher kam einer oft hierher, der kannte alle Steine und wußte zu sagen, warum hier die Heide so buckelig ist und da unten so eben; in Celle wohnt ein Mann, der weiß alle Gesetze auswendig, und der Pastor versteht die Judenschrift zu lesen, aus der sonst kein Mensch klug wird; aber es soll einmal einer kommen und sich in den Schnucken hier auskennen, und er wird bald sehen, daß sein Wissen Stückwerk ist.

Jürn aber kennt jedes Stück von der Herde. Es soll ihn nur einer fragen, und er sagt ihm ganz genau, wie alt das Stück ist, ob es schon krank war, ob es schon gelammt hat, ob es folgsam ist oder ob erst Schimmel und Wasser dahinter müssen, ehe es tut, was es soll. Der Bock da bei dem Sandloch, das ist ein richtiger Säufer. Jürn darf bloß da hüten, wo der Brahm wächst, weg ist der Bock und frißt sich duhne und dicke an dem jungen Brahm, bis er voll wie ein Pole daliegt. Nach drei Tagen ist er dann wieder da und tut nichts als Wasser saufen. Er wäre schon längst beim Schlachter, aber er ist der stärkste Bock in der Herde, ein wahrer Prachtbock. Sein Bruder war ebenso.

Wenn Jürn an diesen Bruder denkt, dann schmustert er vor sich hin. Es war auch so sonderbar, wie dieser Bock zu Tode kam. Er soff auch, das lag in der Familie; denn der Vater war auch schon so. Und seinen eigenen Kopf hatte er auch. Immer abseits, immer von der Herde weg. Auf Brahm war er rein verrückt. Das war denn sein Tod. Denn in dem großen Brahmfeld stand auch der große Haarbock, hinter dem der Jäger aus Hamburg immer her war. Und endlich kriegte er ihn und schoß ihn tot. Und dann kam er über die Heide und gab Jürn fünf Taler, weil es nicht der Haarbock war, sondern der Schnuckenbock. Das war ein gutes Geschäft, fünf Taler, und den Bock konnte Jürn auch noch behalten.

In den Städten wohnen merkwürdige Völker; die schmeißen nur so mit dem Gelde. Seitdem es in den Städten Mode ist, in die Heide zu gehen, wenn sie blüht, kriegt Jürn mehr von ihnen zu sehen, auch Frauensleute. Die fragen Jürn dann ein Loch in den Strumpf, ob es nicht langweilig ist, den ganzen Tag so herumzustehen und zu knütten, und wieviel er im Jahre verdiene, und warum er nicht etwas anderes geworden sei, und was eine Schnucke koste.

Es scheinen meist ganz ehrenwerte Leute zu sein, aber so ganz gescheut sind sie doch nicht. Es sieht ja ganz niedlich aus, wenn die Heide am Blühen ist, aber wenn man da nichts zu tun hat, als Schnucken zu hüten, nach den Immen zu sehen oder Plaggen zu hauen, dann bleibt ein vernünftiger Mensch da doch lieber weg und läuft nicht in Regen und Sonne herum wie unklug.

Unkluge Gäste sind es doch, die Stadtleute. Sechs Zigarren hat ihm vorigen Herbst einer gegeben, und feine, mit rotem Papier um die Mitte. Die kosten doch mindestens einen halben Groschen das Stück. Und der Mann, der im April hier war und der ihn eigens auf dem Hofe aufsuchte und ihn nach allerlei Vogelzeug fragte, nach dem Rauk und dem Pupphahn und dem schwarzen Storch, und der sich das alles aufschrieb, der gab ihm sogar ein ganzes Dutzend. So gehen die Stadtleute mit dem Gelde um.

Zwei Male war Jürn in der Stadt, in Celle, aber keine zehn Pferde kriegen ihn wieder dahin; ganz benaud ist ihm zu Sinne geworden von den Menschen und Soldaten und Wagen und Velozipeden. Und als er in der Wirtschaft, in die ihn der Jäger mitgenommen hatte, sein Essen aus der Tasche holen wollte, da sagte der, das ginge hier nicht, und bestellte etwas zu essen und zu trinken. Das schmeckte ja wohl nach allerhand, aber es hielt nicht vor, obzwar der Jäger einen heilen Taler dafür ausgab; und als sie dann im Französischen Garten waren, da war Jürn froh, daß er sein Brot und seine Wurst bei sich hatte und wieder vernünftig über den Daumen essen konnte.

Er wäre nie in die Stadt gekommen, wenn er nicht gemußt hätte; das war nämlich so gekommen. Er hatte im Faulenfelde gehütet, und da war ein Schuß gefallen, und da war er nach dem Anberge gegangen und hatte nach dem Jäger ausgesehen, und da waren da zwei Männer aus der Fuhrenbesamung gekommen, die er nicht kannte. Der eine hatte einen zusammengerollten Sack unter dem Arme, das war der Alte, der hatte einen griesen Bart, und der andere, was der Junge war, der mit dem Schnurrbart, der hatte einen Sack über dem Rükken; und als die Männer meist am Königlichen waren, da war der Jäger gekommen und hatte ihn gefragt, ob er die Männer gesehen hätte, und dann fragte er, ob er sie wiederkennen würde. Und drei Wochen nachher bekam er eine Vorladung nach Celle zum Amtsgericht, und er hatte sich mächtig darüber verjagt.

Aber es war alles nicht so schlimm, wie es sich erst anließ. Der Oberste von den Gerichtsherren, der mit dem langen schwarzen Pastorenrock und der unklugen schwarzen Kappe, der war ja nun wohl erst ein bißchen grob geworden, als Jürn sich nicht gleich auf seinen Vaternamen besinnen konnte; aber das war doch kein Wunder, immer hieß er bloß Jürn, und so hatte er ganz vergessen, daß er ein Dies war. Und schließlich hatte der Richter mächtig lachen müssen, als er ihn fragte, ob er mit den Angeklagten, das waren nämlich Celler Mascher und geschworene Wildschützen, verwandt oder verschwägert sei, und er gesagt hatte, wie es wohl möglich sei, daß er mit Leuten verwandt sein könne, die er gar nicht kenne.

Als dann alles zu Ende war, da fragte ihn ein Mann in Uniform, ob er Verdienst versäumt habe; denn dann bekäme er Geld. Und nun wußte er, woher die Leute in der Stadt alle das scheußlich viele Geld herhaben: sie gehen auf das Gericht und lassen die Arbeit liegen, und das kriegen sie dann gut bezahlt; und dann sind welche da, die reden vor Gericht den Angeklagten lauter Schlechtigkeiten nach, und andere reden lauter Gutes über sie, und dafür kriegen sie auch Geld. Und einer sitzt da, der schreibt alles auf, und das wird ihm auch bezahlt. Und schließlich ist es so: der eine betrügt den anderen, und das nennen sie Umsatz.

Aber es gibt auch ganz vernünftige Leute in der Stadt. Da war auf dem Gericht ein junger Mann, der hatte das ganze Gesicht voll Narben, der kannte den Jäger und ging mit ihm in das Wirtshaus. Er machte sich aus Papier und fuchsigem Tabak Zigarren, die stanken sieben Meilen gegen den Wind, aber sonst war er nicht uneben, und als einer von den Kellnern über Jürn lachte, da sah er ihn bloß an, und der Kellner war gleich ganz anders zu Jürn und sprang um ihn herum wie ein Zinshahn.

Dieser junge Mann war Erbe von einem großen adeligen Hofe und lernte die Gerichtskunde bloß, daß ihn nachher, wenn er den Hof hatte, die Leute nicht betrügen sollten; das ist sehr vernünftig, denn es geht nirgendwo toller her als auf der Welt. Und was der für einen Hund hatte, gelbbunt wie Brinckmanns Kater und so hoch wie der Tisch, und der konnte wahrhaftig Bier trinken als wie ein Mensch.

An dem jungen Mann hatte Jürn seine Freude; der fragte genau, wieviel Morgen beim Dieshofe seien und wieviel davon unter dem Pfluge wären und wieviel zu Wiesen gemacht seien, und am meisten fragte er nach den Schnucken; davon konnte er nicht genug hören. Und eines schönen Donnerstags kam er in die Stuken, wo Jürn gerade hütete, und blieb den ganzen Nachmittag bei ihm und verehrte ihm ein schönes Messer, an dem waren zwei Klingen, ein Pfriem, ein Pfropfenzieher und ein Stahl zum Feuerschlagen, so daß sich Jürn nun keine Streichhölzer mehr zu kaufen brauchte, was ihn immer geärgert hatte.

Das ist eine ganz dummerhaftige Erfindung; so ein Streichholz ist schnell angebrannt und halb brennend wird es weggeschmissen, und nachher kommt dann Feuer in der Heide aus, wie vor drei Jahren, wo ihm vier Lämmer in den Flammen umkamen. Müßten die Menschen erst Stein und Stahl und Zunder nehmen, um sich die Zigarre anzustecken, dann würden sie nicht so wild mit dem Feuer umgehen; denn das ist nicht so einfach, vorzüglich bei starkem Winde.

Aber in der Stadt wollen sie alles so bequem haben, und davon kommt dann alles Unglück. Es vergeht doch wohl kein Jahr, daß es in Celle nicht brennt oder daß ein Mensch auf schreckliche Weise zu Tode kommt. Jürn weiß heute noch, wie ihm zumute war, als er auf dem Gerichte die Treppe hinaufsteigen mußte; hätte ihn der Jäger nicht an der Hand gefaßt, es wäre nicht gegangen. Aber das Schlimmste, das kam nachher, als es hieß, die Treppe wieder hinunterzuklettern; ordentlich schwindlig wurde ihm, und zwei Mann mußten ihn halten, und es ging überhaupt erst, als er rückwärts hinunterging und sich dabei vorredete, er sei auf der Leiter im Schafkoben.

Nein, das mit der Stadt, das ist nichts, und wer da

nicht hingehört, der soll da fortbleiben. Jürn bleibt auf seiner Heide, wie seine Schnucken. Schon wenn er einmal über das Feld geht, so paßt ihm das nicht; es ist ihm so wie mit den Schnucken; die kriegt man nicht mit Gewalt über die Grenze. Vor zehn Jahren kaufte einmal ein Schlachter zehn Schnucken und schickte einen Mann, der sollte sie nach Eschede treiben. Als ihn der Bauer fragte, ob er ihm die Schnucken nicht lieber hinfahren solle, hatte der Mann gelacht und gesagt, das ginge auch so. Nach vier Stunden kam er wieder und schwitzte wie ein Stück frische Butter; rein unglücklich hatte er sich geschrien und halb krank hatte er sich gelaufen. Bis an die Grenze vom Dieshofe waren die Schnucken gutwillig mitgegangen, sagte er; aber sowie sie an die Grenze kamen, dann standen sie wie die Bäume und machten dumme Gesichter und blökten, und dann umgedreht und zurück. Kein Zureden und kein Schmeißen hätte geholfen, und er sähe wohl ein, es ginge nicht anders, und er müßte doch wohl einen Wagen nehmen.

Jürn geht es genauso, ohne Wagen kommt er nicht über die Grenze. Damals, als er sich stellen mußte, hatte er auch gedacht, es ginge so, aber es ging nicht. Nach einer Stunde hatte er sich Blasen gelaufen, und er hatte eine Hundeangst gehabt, daß er sich verlaufen könne und nicht mehr nach Hause zurückfände. Da war er wieder umgedreht und hatte anspannen lassen. Und die ganze Schererei war für die Katze; sie konnten ihn bei den Soldaten nicht gebrauchen, weil er halbäugig war. Das eine Auge hatte er sich als Hütejunge an einem Dorn blind gestochen, als die Kuh vor den Wespen ausriß und ihn hinter sich herzog; denn er hatte sich den Hütestrick um den Leib gebunden.

Damals hatte er mächtig geweint, aber nachher war er heilfroh, daß er nur ein Auge hatte; was wäre aus ihm geworden, wenn er hätte Soldat werden müssen, und wie wäre es seinen Schnucken gegangen? Einen Schnuckenschäfer hätte der Bauer für Geld und gute Worte nicht bekommen; denn die Schnuckenschäfer sind dünn gesäet, und wo sie sind, da bleiben sie; die gehören zu dem Hofe. Einen neuen Pastor kriegt man bald, aber einen neuen Schnuckenschäfer nicht.

Jürn weiß es noch, wie scheußlich ihm zu Sinne war, als er bei dem großen Rosenbusch im Graben saß und sich seine Füße besah. Unter jedem Hacken eine Blase, so groß wie ein Taler, und unter dem Ballen auch eine. Es ist ein anderes Ding, Schritt für Schritt über die Heide zu gehen und sich alle Augenblicke auszuruhen, als wie unklug auf der Chaussee einherzuwanken. Wenn der Mensch aus der Gewohnheit kommt, dann hält er nicht stand. Und wenn er Soldat geworden wäre, hätte er sterben müssen, das weiß Jürn jetzt ganz sicher. So war es ganz gut, daß die Kuh damals wild wurde und durchging.

Auch in anderer Weise hatte das sein Gutes. Auf dem Dieshofe diente ein Mädchen, das mochte Jürn gern leiden; sie war nicht groß und nicht klein, nicht dick und nicht dünn und hatte gelbe Haare, wie Honig, und sie war still und immer zufrieden und bannig fix in der Arbeit. Und sie mochte Jürn auch wohl. Mit dem Gelde wäre es schon gegangen; denn sie hatte eine gute Aussteuer und dreihundert Taler Abfindungsgeld auf der Sparkasse und noch gespartes Geld, und Jürns Abfindung vom Dieshofe war auch nicht unter dreitausend Taler.

Aber wie die Frauensleute so sind, sie wollte mit Gewalt, Jürn solle nach Hannover fahren und sich ein Auge aus Glas einsetzen lassen; aber Jürn hatte gesagt, lieber lasse er die ganze Freierei, als daß er auf der Eisenbahn fahre, und so wurde aus der Sache nichts. Nachher freite das Mädchen, Dettma hieß sie, einen Forstaufseher und kriegte zehn lebendige Kinder. Das wäre etwas für Jürn gewesen, zehn Kinder. Und wenn er bedenkt, wie es ihm hätte gehen können, dann ist er sehr zufrieden, daß er damals auf seinem Kopfe bestand.

So ganz leicht war es ihm nicht geworden; denn die Dirne saß ihm mächtig im Sinne, und als sie ging, fehlte ihm doch allerlei. Aber darüber kam er bald hinweg, dafür sorgten die Schnucken schon. Auf die muß man den ganzen Tag passen, daß sie nicht auf die Wiesen oder in das Bruch laufen und hinterher Egel in die Leber bekommen; und Regen ist ihnen auch nicht gut, und so muß Jürn auch auf den Himmel passen und auf die Bienen; denn je nachdem die fliegen, wird das Wetter.

Darauf versteht sich Jürn ganz gewaltig. Wenn der Schwarzspecht lacht, dann gibt es Regen; wenn die grünen Frösche auf dem Lande sitzen, bleibt das Wetter; wollen die Bienen nicht fliegen, dann muß man das Heu einfahren; wenn der alte Bock mehr Gras als Heide frißt, gibt es Landregen. Am sichersten ist es aber, man richtet sich nach den Spinnen; je nachdem die weben, so wird es.

Das alles kann aber nur ein Mensch wissen, der immer auf der Heide ist, sommertags und auch im Winter. Im Winter ist es oft langweilig, vorzüglich bei Schlackschnee und Regen, wenn die Schnucken nicht herauskönnen. Dann liegt Jürn auf dem Hofe herum, ist jedermann im Wege, schmökt sich vor Langweiligkeit ungesund und kommt vor Nichtstun ganz aus der Kehr; denn das mit der Arbeit auf dem Hofe, das hat er längst verlernt. Als Hütejunge fing er an; erst bei den Gänsen, dann bei den Kühen, dann ging er mit Ohm Hein hinter den Schnucken und nachher allein.

Jetzt fällt es ihm ein, daß Hein seines Vaters Bruder war, aber sie hatten ihn immer nur Hein geheißen, wie sie ihn auch nur Jürn rufen, obzwar er doch jetzt auch der Ohm ist, weil seines Bruders Sohn den Hof hat. Der zweite Sohn heiratet jetzt auf einen Hof, und der dritte, der Nachkömmling, der gegen alle Abmachung auf die Welt kam und die ganze Rechnung verdarb, der heißt wieder Hein.

Das ist Jürns Liebling; er ist ein Junge von wenig Worten und liegt jede Stunde, die ihm die Schule frei läßt, bei ihm auf der Heide. Daß er einmal die Schnucken hütet, das ist gewiß. Und darum macht es Jürn auch nicht viel aus, daß ihm im Winter so oft der Rücken anwächst, und daß ihm bei Nebel der Atem kurz wird.

Geht es einmal mit ihm zu Ende, dann sind die Schnucken nicht verlassen und brauchen nicht abgeschafft zu werden, weil keiner zu haben ist, der sie hütet, denn Hein ist da. Und die Schnucken, das ist doch das Haupt; alles andere ist Jürn gleich.

UM DIE ULENFLUCHT

Hinter den schwarzen Kanten der hohen Fuhren verschwand die rote Sonne; ein Weilchen noch war alles Glut und Glanz, Feuer und Flamme, jetzt ist es abgeblaßt in des Ringeltaubers Farben.

Ich habe diese Stunde lieb und fast noch lieber das weiche, warme, tieftönige Wort, das unsere Bauern dafür erdichteten. Ulenflucht nennen sie die Zeit, wenn der Tag müde hinter schwarze Wälder sinkt und die Nacht heraufschwebt, in den graublauen, hellrot gesäumten Mantel gehüllt, den ein einziger großer Funkelstein zusammenhält, der Abendstern.

Es muß ein großer Dichter gewesen sein, der dieses Wort erfand. Vielleicht nur ein geringer Knecht, ein Mann der harten, einförmigen Arbeit, der nie in seinem Leben ein Lied schrieb, eine Strophe erdachte. Aber in diesem einen Worte ist mehr Kunst als in vielen Büchern, in denen Lieder gedruckt sind.

Es ist ein großes Kunstwerk, dieses Wort; denn es gibt so viel. Es bringt heilige Schauer wie die ernsten Bildsäulen der unbekannten ägyptischen Meister; es schenkt dem Herzen selige Träume wie eins der großen Werke Böcklins, es trägt mich hinauf zum Himmel und führt mich hinab zur Hölle wie Beethovens hohe Melodien.

Wenn die Ulenflucht naht, dann werde ich anders in der Stimmung; Heiterkeit wandelt sich in Ernst, Verdruß in Feindseligkeit, beengtes Denken in unbegrenztes Ahnen.

Nie bin ich im Geiste da, wo ich bin um diese Zeit. Aus schwarzen Dachumrissen werden dunkle Baumwipfel; den Kauz höre ich rufen aus dem Geheul der Fabriksirenen, und heimliches Blättergeflüster erklingt aus dem Geräusch der Großstadt.

Bin ich aber draußen im stillen Holz, im einsamen Moor, dann wandelt sich die ferne Waldeswand zur Stadt um; des Kauzes Ruf klingt mir wie das gellende Jauchzen der Fabrikpfeifen, die eines schweren Arbeitstages Ende verkünden, und im Blättergeruschel höre ich Seufzer von Menschen, die der schwarzen Nacht entgegenbangen.

Seltsamen Zauber übt diese Stunde auf mich aus. Gestern um diese Zeit, zwischen frohen Gesichtern im festlichen Saal, da waren meine Augen auf einmal weit weg. Ich hörte die Maus im Fallaub pfeifen, sah die weißen Motten tanzen und die schwarzen Fledermäuse taumeln, hörte es um mich herum rispeln und rascheln, knistern und knirren.

Da, wo ich heute bin, waren meine Gedanken, in diesen stillen Wald zogen sie, wo die Schummerstunde nahte mit leisem Tritt und Tag und Nacht die Hände gab, die eine heranziehend, den andern mit sich fortnehmend, beide verbindend und trennend.

Nicht der Sonnentod ist es, der mir dann das Herz weit macht; die Viertelstunde nachher, die blaßgraue, liebe ich mehr, mit ihren leisen, langsamen Übergängen; wenn alle Umrisse sich verwischen, alle Einzelheiten vergehen, wenn die Kleinigkeiten die Augen nicht mehr stören und das Herz dem großen Eindruck sich öffnen kann.

Nur deshalb liebe ich die Jagd so. Nichts bringt uns der Natur so nahe wie diese Viertelstunde zwischen Tag und Nacht, und nur die Jagd ist es, die uns dazu erzieht, diese kurze Spanne Zeit zu verstehen in ihrer großen Feierlichkeit, in ihrer geheimnisvollen Andacht.

So wundervoll hell und sonnig war es vor einer Stunde hier; im alten Laube leuchteten gelbe und weiße Sterne, rundherum sang und klang, pfiff und trillerte es aus Hunderten von kleinen Kehlen, in der breitästigen alten Eiche jauchzte der Schwarzspecht sein wildes Liebeslied, der Tauber schwebte klatschend über den Kronen und rief tief und zärtlich seiner Taube.

Jetzt ist all das laute Leben verstummt; der letzten Drossel Weise verklang. Rotkehlchens Silberlied erstarb; ein Mausepfiff im Dürrlaub, ein Kiebitzschrei vom Moor, ein Rebhahnruf vom Felde kommt dann und wann zu mir heran. Aber die verlorenen Laute machen die Stille nur noch stummer, sie sind wie einzelne Sterne am tiefen dunklen Nachthimmel.

Vor mir im Westen, wo über dem feinen Gezweig der Birken der Himmel rötlich schimmert, taucht ein feines Silberpünktchen auf, verschlafen blinzelnd; hinter mir, tief im Holze, klingt ein hohles, dumpfes Rufen; die Eule grüßt den Abendstern.

Heller schimmert der Stern, glüht aus Silber zu Gold um, lauter ruft der Kauz, verstärkt sein dumpfes Rufen zu gellendem Jauchzen.

Die stille Stunde ist gekommen, die Stunde, da es umgeht im Walde. Überall rispelt und raschelt es verstohlen, rundherum knickt und knackt es schüchtern; was die Sonne bannte und der Tag band, wagt sich hinaus; heimliches Leben, scheues Weben wird kühn und sicher.

Die tagfrohen Wesen zittern um diese Zeit. Ängstlich drückt sich die Ammer im Winterlaub der Jungeiche an den Stamm, klein macht sich der Sperber auf seinem Ast, Todesangst klingt aus dem Schrei der verspäteten Krähe, der ziehenden Kraniche Ruf ist voller Furcht und der streichenden Drossel Pfiff von Bangigkeit erfüllt.

Meine hellen Sonnengedanken schauern zusammen und verkriechen sich irgendwohin, wo ich sie nicht mehr auffinden kann; große, schwarze Träume steigen aus den Tiefen der Seele, lautlos dahintaumelnd in unstetem, haltlosem Flug, wie Fledermäuse, stark und frei sich dahinschwingend, wie die Vögel der Nacht; und wenn sie durchdringend schrillen, gellend rufen, dann kriechen die hellen Gedanken noch scheuer zusammen.

Auf der Brandrute vor mir brauen die Nebel; bleiche Schatten schleppen sich müde den Weg entlang; im Unterholz klingt ein röchelndes, hohles Husten; ein zögernder stolpernder Schritt tappt schwer durch den Stangenort, ein Krachen ertönt, ein Sturz; etwas Totes fiel in das faule Laub; gellend ruft der Kauz sein dunkles Lied.

Ich fasse den Kolben fester und spähe über alle Wipfel, ob die Schnepfe nicht kommt, denn ihretwegen bin ich hinausgegangen; die Jagdlust hat mich in den Wald geführt. Das sage ich mir laut vor in Gedanken; denn langsam tappt das Grauen auf mich zu durch die Stille des Waldes.

Näher bei mir im Holze heult jetzt der Kauz; wie lauter blutrote Wellen sehe ich sein Lied hinter ihm herfließen; seine tiefschwarzen Augen glühen.

Ich höre, wie er hinter mir die weichen Flügel laut klatschend zusammenschlägt; damit jagt er den Vogel aus dem Schlaf; er hört ihn flattern auf dem Zweige, reißt ihn aus dem Versteck und meuchelt den Schlaftrunkenen mit seinen Dolchklauen. Gellend lacht er über mir. Ich fahre zusammen, als wäre eine Rieseneule über mir mit weitschattenden Flügeln, ihre dolchbewehrten Griffe über meinem Genick öffnend. Mitten im Knospen und Treiben, Blühen und Schwellen des Frühlingsabends höre ich das blutrote Lachen des Todes hinter mir. Und dann, wie es kam, ich weiß es nicht mehr. Ein dünnes, schrillendes Pfeifen war vor mir, ein dumpfes, tiefes Murken über mir, zwei Schatten zickzackten unter dem Abendstern über die Birken hinweg, ein Feuerstrahl riß ein Loch in den Abendhimmel, ein Donner verjagte das Schweigen im Walde, und aufatmend nehme ich die Schnepfe vom Boden auf, die ich tötete aus Angst vor der Todesangst.

Gelassen gehe ich durch die bleichen Nebel des schwarzen Weges. Die Schauer der Ulenflucht ließ ich hinter mir. Die Waffe, die ich hatte, und das Ziel, sie retteten mich vor ihren Gespenstern.

Eine Waffe und ein Ziel. Hat man das, dann verliert die Ulenflucht alle ihre Schrecken, die Ulenflucht trüber Stunden, des kommenden Alters Dämmerung.

Eine Waffe, die Arbeit, ein Ziel, seinen Platz auszufüllen in diesem Leben, so gut wie man kann, die einzigen Mittel sind es gegen unsere große Angst in der Ulenflucht.

IM ROTEN POST

Auf der Lüneburger Heide ging ich auf und ging ich unter. Es will mir nicht aus dem Kopfe, dieses alte Schelmenlied, die ganzen drei Tage, die ich hier im Moor bin.

Es hat eine so sorglose, jenseits von Pflicht und Verantwortung stehende Singweise, und die paßt ganz auf mich.

So weit der Himmel blau und der Post rot ist, gehört mir die Welt; kein Mensch kümmert sich um mich und keinem frage ich nach.

Gestern abend, als die Sonne hinter den Birken am Himmelsrand schlafen ging und das weite Moor eine einzige kupferrote, veilchenblau abgeschattete Fläche war, summte ich es wenigstens in Gedanken, und jetzt, zwei Uhr früh, flöte ich es laut im einsamen Ochsenstall, in dem ich die kurze Nacht im Schlafsack verbrachte.

Licht spendet mir die Fahrradlampe. Einzelne Mükken kommen durch die Tür nach dem Lichtschein, in den Ecken pfeifen die Mäuse; draußen klagt die Mooreule, in den Pümpen plärren die Poggen.

Ich sehe in die helle Nacht hinaus; alle Sterne funkeln, und der Mond steht blank am Himmel, der Bach kluckst und murmelt, im Schilf schwatzt ein Vogel.

Bei dem Frühstück denke ich an den gestrigen Tag, an die roten, sonnendurchglühten Postbüsche, an die fahlgrünen Wiesen, auf denen die goldenen Kohmolken leuchteten, an die weißen Weihen, die über die roten Flächen strichen, an die ganze Schönheit des ersten hellen Tages nach zwei aschgrauen.

Aber auch da war ich froh, als eintönig der warme Regen herabrieselte, als des Kolüts lautes Geflöte nicht aufhören wollte, als das Moor braun war und tiefviolett. Wenn ich in Regenkittel, Lodenhut und Transtiefeln bin, dann macht Regenwetter mich lustig, so lustig, daß ich flöte: Auf der Lüneburger Heide.

Ich freue mich wie ein Kind auf den sonnigen Morgen; da wird der Post nur so herauslodern aus den weißen Nebelschleiern; ein Fest wird es geben für meine Augen.

Die blühende Heide zu besuchen, das ist Mode geworden seit einiger Zeit; das blühende Postmoor aber kennt niemand, keiner fährt hinaus, seine Augen zu weiden am Kupferrot seiner Büsche, am Gold der Weiden, am Silber des Wollgrases, und den Duft einzuatmen, der aus dem Post aufsteigt und von den jungen Birken kommt.

Denn naß ist es da, und zu weit sind die Wege zu der Bahn, die Mücken sind zu schlimm da, und die giftige Adder liegt zusammengerollt am braunen Damm.

Vielleicht aber ist mir darum das Postmoor so lieb, weil ich da so ganz mein eige[illegible]r Herr bin, weil mir da keine Seele in die Möte komm[illegible]rgestern morgen habe ich keinen Menschen g[illegible]

Hier, wo ich jetzt ge[illegible] ich vor acht Tagen. Vor mir äste sich auf vierzi[illegible] der alte Hauptbock, der drüben in dem Fichte[illegible]n der Beeke seinen Stand hat; er war gut bei Le[illegible]sein Gehörn war blank. Ein Fingerdruck, und er [illegible]h konnte ihn in die Fichten hängen bis zum erst[illegible]

Mir kam der Ged[illegible]r nicht. Wo kein Kläger ist, ist kein Richter, heißt[illegible] gerade dann reizt auch nichts zur Übertretung; [illegible]eigheit.

Drüben schimp[illegible]lte Graukopf; er hat Wind von mir bekommen, dröhnend klingt sein Baß durch die stille Nacht. Ich antworte ihm in hellem Schmalrehdiskant; da verstummt er. Wahrscheinlich überlegt er sich den Fall: ein Schmalreh, das Menschenwitterung hat? Merkwürdig!

Auch der Mooreule komme ich sonderbar vor; dreimal streicht sie über mich hin, daß ich das Wehen ihrer Samtfittiche spüre; ein Machangelbusch, der weitergeht, das ist ihr noch nicht vorgekommen.

Im Ellernbusch schlägt die Nachtigall; aus den Fichten an der Beeke antwortet ihr eine; das Lied paßt nicht in das Postmoor. Was der Kolüt da oben pfeift und trillert, der Sang voll jauchzender Sehnsucht und wehmütigen Jubels, das gehört hierher.

Durch den schwarzen Fichtenhorst geht der Damm. Da unkt die Ohreule; wie Sterbegestöhne eines Menschen klingt es. Unheimlich glühen an den Grabenborden rechts und links die Leuchtwürmer, prasselnd stiebt eine Taube ab, die das Planschen meiner Stiefel im weichen Weg aus dem Schlafe schreckte.

Aus dem Dunkel der Fichten bin ich wieder im hellen Moor; immer weicher wird der Weg, immer breiter werden die silbernen Gräben; durch blankes Wasser muß ich eine ganze Weile, die Krempstiefel sinken tief ein. Ich stoße die Bekassine heraus und mache den Erpel hoch, und ärgerlich keift eine Ricke über den Ruhestörer.

Ein schwarzes Ding erhebt sich halbrechts; da muß ich hin. Bis über die Knie plansche ich in Wasser und Mudde, die Moorhexe will mich an den Hacken festhalten, aber ich lasse mich nicht bange machen und komme zu dem Machangelbusch unter der breiten Fuhre auf dem Donnerbrink.

Dort ist es hoch und trocken. Darum balzt der Hahn da, darum habe ich mir da einen Schirm gehauen in dem Machangelbusch und einen Sitz aus Heidsoden gemacht; da will ich bleiben.

Es war Zeit, daß ich kam; schon lockt die Bekassine da, wo die Pümpe blitzen, immer lauter pfeift der Brachvogel da, wo die Sterne funkeln. Gerade habe ich den Mantel übergezogen und es mir bequem gemacht bei einer Pfeife, da saust es über mich fort und fällt mit dumpfem Schlage vor mich hin.

Ich zucke zusammen und lache dann. Wie oft saß ich schon so, wie oft hörte ich den Hahn einfallen; längst ist mir der Schuß Nebensache geworden bei der Balz und die Beute, aber ich glaube, ich werde jedesmal Herzklopfen bekommen, wenn der Hahn mir zusteht.

Ich höre, wie er sein Gefieder schüttelt; dann würgt er und gluckst, schweigt, würgt wieder, faucht ein paarmal leise, gluckst wieder und beginnt dann erst dünn und zaghaft, dann immer voller und kühner sein seltsames Liebeslied.

Das ist der Weckruf für das Moor; eine Bekassine nach

der andern lockt und meckert, der Kiebitz erwacht und ruft, taumelt mit fauchendem Flügelschlage über mich hin. Streichende Erpel quarren, die Poggen grölen lauter, die Rohrsänger schwatzen lebhafter, die Heidlerche steigt singend zu den Sternen.

Und immer und immer wieder saust und plumpst es bei mir; und jedesmal darauf meldet ein Hahn. Vier balzten um mich herum, aber nur der erste ließ mein Herz einen Sprung machen.

Das ganze Moor ist laut geworden; es ist, als zittere die Luft von den kullernden Tönen, als bebe der Boden von dem tollen Minnegesang. Alle andern Lieder, alle andern Klänge verschwinden dagegen, gehen darin unter, verschmelzen damit, und nur wenn eine Henne zärtlich lockt, kommt eine neue Farbe in das große Konzert.

Auf den hellen Schimmer mir gegenüber am Moorrande sehe ich und rauche und sinne, um mich herum ist Leben und Liebe und Lust, und ich sitze da im Versteck, die Mordwaffe auf den Knien, und wenn ich wollte, wäre es aus mit aller Lust um mich herum.

Die Menschen fallen mir ein, die jetzt ruhig schlafen und vom schönen Leben träumen; und zwischen ihnen, unsichtbar, hockt ein Gespenst, die Sense in der Klapperfaust. Wenn es sich rührt, dann stöhnen die Schläfer im Traume und fahren in die Höhe.

Fanfarenklänge schallen über das Moor, gellend und hallend: der Kranich kündet der Sonne Ankunft. Vor mir, im Osten, färbt Rosenrot den Himmel; das schöne Reiterlied vom Morgenrot geht mir durch den Sinn.

Das freche Strolchlied vergaß ich; das fällt mir nur im Gehen ein. Sitze ich still, so denke ich nicht daran, nur die Worte sehe ich, aber die Weise fehlt daran.

Ein Schauer überfließt mich; der Frühwind weht, den schweren Duft der Birken und den herben Geruch des Posts bringt er zu mir, vermischt mit dem faulen Brodem des Ellernsumpfes.

Da ruft jetzt der alte Fasanenhahn; der fremde Klang stört mich hier wie der Schlag der Nachtigall. Aber, was die Rohrammer schwatzt und der Kuckuck ruft, was die Krähe quarrt und der Brachvogel pfeift, das Lullen der

Lerche, des Kiebitzes Schrei, des Schwarzspechts Lachen, der Bekassine Gemecker, das sind des Moores echte Laute.

Sie alle versinken im lauten Gekuller der Hahnenbalz; nur wenn eine neue Stimme sich meldet, höre ich das als Einzellaut, aber dann verschwimmt es wieder ganz in dem Getrommel und Gefauche der schwarzweißroten Minnesänger.

Hellichter Tag ist es. Ich sehe die vier Hähne vor mir mit allen ihren Farben; wie glühende Kohlen funkeln die roten Rosen.

Ebenso rot kommt jetzt die Sonne über die fernen Birken; und so weit ich sehe, ist es rot. Nur in den Sinken nicht, wo der weiße Nebel liegt, in dem hier und da graue und schwarze Gespenster, die Birken, Fuhren und Machangeln, herumstehen.

Ich sehe gelassen den Hähnen zu. Einen habe ich vor acht Tagen hier geschossen, und das ist mir genug; nur sehen will ich heute.

Und ich sehe mich satt an den bunten Gesellen vor mir, an den goldenen Blumen, an dem weißgrünen jungen Risch, an den Silberschäfchen der Murke; und dann kommen meine Augen an den Post, der jetzt unter der Sonne immer glühender, roter, goldener wird.

Zwischen ihm die schwarzen Krüppelfuhren färben sich kupfrig, smaragdene Blättchen tragen die Birken, goldene Flämmchen zittern auf den Weiden; weiße Weihen schweben, ferner Taubenruf schallt herüber, die Luft ist voll von Singsang und Klingklang.

Höher steigt die Sonne, goldener wird der Post, toller der Hähne Lied; aber jetzt streicht einer ab, und die andern folgen.

Mir ist es lieb, die Glieder werden mir schon ganz steif. Ich krieche aus meinem Versteck und gehe den Damm entlang.

Und sowie ich im Gange bin, wird das alte Lied wieder in mir laut, und ich weiß es schon, es wird den ganzen goldenen Tag in mir klingen: Auf der Lüneburger Heide ging ich auf und ging ich unter.

Worte möchte ich zu der Weise dichten, ein Danklied

auf die schöne Heide, die immerblühende; wintertags prangend mit Rauhreif, im Juni mit silberner Murke, mit roten Glöckchen im Juli, mit rosenroten Blütchen im Vorherbst und früh im Jahre mit rotem Post.

DER WALD DER GROSSEN VÖGEL

Eine halbe Stunde von Ahlden liegen zwei Wälder, die Ahe und die Schlenke. Die Alte Leine trennt sie, sonst wären sie ein Wald. Im Norden bilden die leichtgeschwungenen Ufer der Aller ihre Grenzen, im Süden Wiesen und Weiden, die die Bauern von Eilte und Ahlden den Wäldern abgerungen haben. Um zu zeigen, daß das Land ihnen gehört, haben die Bauern Hecken und Hagen um die Wiesen und Weiden gezogen, so daß es aussieht, als liefen die Wälder allmählich in die Feldmarken aus.

Vom Spätherbst bis zum Frühling steht die Ahe unter Wasser und die Schlenke auch. Dort, wo die Rotkehlchen sangen, gründelt dann die Wildente, wo das Eichkätzchen Pilze suchte, fischt der Otter, die Ringeltaube wird von der Möwe, der Bussard von dem Seeadler abgelöst. Sobald die Wasser der Aller und der Alten Leine in die Wälder steigen, rückt der Hase nach den hochgelegenen Feldmarken, Mäuse und Spitzmäuse folgen ihm, die Rehe wechseln nach den fernen Wäldern, die Ahlden mit einem dunkelblauen Ringe umgeben, und der Fischer tritt an die Stelle des Jägers.

Wenn das Hochwasser sich verlaufen hat, sieht der Wald trostlos aus. Eine dicke, zähe Schlickschicht bedeckt das Fallaub, nasses Genist hängt in wirren Haufen in den Zweigen des Unterholzes, tote Äste, faule Bäume, Bretter und Balken liegen wüst umher. Ein Geruch von Wasser erfüllt die Luft. Prallt dann die Märzsonne durch die kahlen Zweige, dann wird aus dem Geruch ein Gestank. Zurückgebliebene Fische verwesen, ertrunkene Frösche vermodern, Tausende von Schnecken zerfließen, Hunderttausende von zerriebenen, zermalmten Kerbtieren, Maden, Larven und Würmern verfaulen.

Der April aber macht alles wieder gut; er bringt Schneeschauer und Regengüsse, die allen Moder fortwaschen, er läßt eisige Winde den Dunst hinwegwehen, er läßt die Sonne scheinen, die das verschlickte Laub mit einem sanften Anstrich hellgrüner Algen überzieht, er lockt unzählige grüne, braune und rosige Spitzchen, Knöspchen und Blättchen aus dem Boden hervor. Als wenn nicht vor kurzem noch der blasse Tod mit der braunen Fäulnis am knochigen Arme durch den Wald gegangen wäre, so lebt es da wieder; bunte Schnirkelschnecken kriechen über das Laub, große und kleine Käfer krabbeln über das Moos, gelbe Schmetterlinge tanzen umher, samtrote mit blauen Augen, Silbermükken tanzen, Goldfliegen schweben.

Zu den frechen Meisen und schüchternen Goldhähnchen, die bisher allein die Zweige belebten, gesellt sich der frohe Fink, die süß flötende Märzdrossel; der Buntspecht läßt seine Trommel erschallen, die Krähe streicht den Baß, die Goldammer singt ihr Sehnsuchtslied. Das Hermelin, das den Winter über auf der Geest gejagt hat, wandert den Mäusen nach, die ihren Wald wieder aufsuchen, und fährt wie ein weißer Blitz durch das Gebüsch; dem Hasen wird es in den Feldern, auf denen die Bauern bei der Frühjahrsbestellung sind, zu lebhaft und er rückt wieder zu Holze.

Lange bevor aber dieses kleine Leben in der Ahe erwacht ist, zieht ein größeres Leben in ihr ein. Eines Abends, wenn die Sonne lange rote und goldene Streifen auf das blauweiße Gekräusel der Aller wirft, hallt ein Schrei durch die Abendstille, ein kurzer, scharfer, harter, herrischer Ruf, der sich in bestimmten Pausen wiederholt, und in der Abendröte taucht ein schwarzer Punkt auf.

Der harte, abgehackte, rauhe Ruf kommt näher, aus dem Punkte wird ein Fleck, aus dem Fleck ein Kreuzchen, aus dem Kreuzchen ein Kreuz, der Ruf verdoppelt, verdreifacht, verzehnfacht sich, viele große schwarze Kreuze schweben näher, und sechzig gewaltige, breitklafternde, bald silbern, bald golden, jetzt licht, jetzt düster gefärbte Vögel kreisen über den kahlen Wipfeln der hohen, von blitzblankem Efeu dicht umsponnenen Eichen.

Das sind die Reiher der Ahe, die wiedergekommen sind zu ihrem Walde. Seit Jahrhunderten gehört er ihnen, seit Jahrhunderten horsteten sie hier, seit Jahrhunderten zogen sie ihre Jungen groß. Immer hat der Mensch sie befehdet, hat ihnen mit dem Beizvogel und der Büchse nachgestellt, unzählige Reiher stürzten hier polternd zu Boden und färbten die Blumen rot, aber die sich retteten, die kamen doch im nächsten Frühjahr wieder, um in ihrem Walde zu horsten.

Rauh rufen sie und schrauben sich tiefer. Müde sind sie von der langen Reise, müde und überhungert, und ihre Herzen sind voller Furcht. In anderen Ländern fanden sie stille Wälder, an fischreichen Flüssen und Seen, wohin nie ein Mensch kam; herrliche Horstplätze boten die Kronen uralter Bäume, verlockende Wasserweid die schilfreichen Ufer; aber die großen Vögel ließen sich nur eben Zeit, ihren Hunger zu stillen, dann breiteten sie ihre gewaltigen Schwingen aus und ruderten nordwärts.

Hundertundzwanzig breite Flügel zerteilen sausend die Luft über der Ahe, hundertundzwanzig gelbe Augen spähen in ihre Kronen, aus sechzig langen, zusammengezogenen Hälsen erklingen heisere Freudenrufe. Dann schraubt sich einer der Reiher tiefer, schnellt den dünnen schwarzweißen Hals vor, läßt die dünnen grüngelben Ständer hängen und fällt prasselnd bei seinem alten Horste ein.

Einmal ruft er, den Hals wie einen silbernen Pfahl gegen den goldroten Himmel reckend, dann zieht er ihn ein, knickt die Ständer zusammen und kauert sich auf dem Aste hin. Neben ihm fußt sein Gatte, und nun folgt einer nach dem andern, bis alle in den Kronen ihrer Horstbäume verschwunden sind. So todmüde sie sind, die Freude, wieder daheim zu sein, überwindet alle Mattigkeit; sie erzählen sich noch lange etwas, bis die Abendglut im Moor erlischt, und heiser lachend kitzeln sie sich gegenseitig mit den Dolchschnäbeln.

Ehe die Amsel pfeift, ehe die Krähe quarrt, sind sie wieder wach; sie gähnen, schnellen die Hälse empor, daß die Messerklingen ihrer Schnäbel blitzen, richten sich auf, spreizen wohlig die blaugrauen Fittiche, zupfen sich die silberspitzigen Schmuckfedern des Rükkens, den stahlschwarzen Brustlatz, die stolze Halszierde glatt, schlagen mit den Schwingen, daß es saust und braust, plappern ein Weilchen, kitzeln sich wieder, und dann erheben sie ihr Gefieder und verteilen sich die Aller hinauf und hinab nach ihren ererbten Fischplätzen.

Die großen, weißen, aschblau bereiften, schwarzschwingigen Seemöwen, die seit dem letzten Neumond hier jagten, räumen ihnen das Feld; die blanken schwarzen Krähen, die sich in den leeren Reiherhorsten häuslich niederlassen wollten, müssen weichen; der Waldkauz, der in dem einen Horste zu brüten gedachte, sucht sich einen hohlen Baum, und die Eichkatze, die in einem andern sich Vorrat gesammelt hatte, findet ihre Schätze nicht wieder.

Satt, mit vollen, tief herabhängenden Kröpfen, kamen die großen Vögel zurück; jeder trug einen Zweig, eine Rute, einen Ast; hastig begaben sie sich an ihr Werk, flickten die alten Horste aus, legten neue an, und bald schwebten in den Wipfeln der hochschäftigen Eichen dreißig große, sparrige, schwarze Klumpen, und ehe noch die Amsel zu bauen begann, lagen große hellblaugrüne Eier in jedem der dreißig Horste.

Während aber in den Wipfeln der Eichen unter den hellblaugrünen Schalen der Eier sich neues Leben formt, zerfällt am Boden das junge Werden; auf die gelben Blüten des Goldsternes, auf die quellenden Knospen des Spindelbaumes, auf die üppigen Blumenbüschel der Schlüsselblume, auf des Aronstabes saftstrotzende Blätter klatscht das scharfe, beizende, tötende Geschmeiß der Reiher, übertüncht den Boden, kalkt die Stämme an, überzieht die Zweige, alles vernichtend, was fein und zart und schnellebig ist; nur der Brennessel kann der giftige Kot keinen Abbruch tun, er düngt sie, und wenn der erste zarte Frühlingsflor der Ahe vorüber ist, wenn die Eichen Goldblättchen entfalten, dann überzieht den Waldboden der Nessel giftdornbewehrtes Gekräut mit einer einzigen undurchdringlichen Dikkung.

Dann sind oben die blaugrünen Eierschalen längst

geborsten unter dem Gepicke emsiger Schnäbelchen, und auf ihren Trümmern liegen struppköpfige, glotzäugige, häßliche Wesen, mit langen weißen Schimmeldunen bewachsen, mit unförmlichen gelben Knorpelwülsten an den Winkeln des Schnabels, der sich zu einem breiten roten Rachen öffnet, aus dem fortwährend ein heißhungriges Gieren hervortönt, das schrecklich zu der alten Reiher Gehör dringt.

Vom Lerchenstieg bis zur Ulenflucht streichen sie fort und rudern sie her, die Kröpfe voll von Aalen und Brassen, Döbeln und Karpfen, Fröschen und Egeln, und würgen der ewig hungrigen Brut den Raub vor; und die Jungen schlucken und schlucken und nehmen zusehends zu an Umfang und Schönheit, verlieren die häßlichen Schimmeldunen, vertauschen die Wolle mit einem hübschen Gefieder, die gelben Knorpelwülste an den Schnabelwinkeln schrumpfen zusammen, und aus den unschönen Spulen sprießen kräftige Schwungfedern. Mit stolzer Freude sehen die Alten die Kleinen wachsen und gedeihen, gönnen sich kaum Ruh noch Rast, denn das Hungergeschrei der Jungen hört den ganzen Tag nicht auf. So fischen sie die Aller aufwärts, die Aller abwärts und vergessen alle Vorsicht; einer fällt dem Hagel des Jägers zum Opfer, ein anderer fängt sich an einer Setzangel, ein dritter tritt in ein Ottereisen, aber der überlebende Gatte nimmt die volle Last auf sich; und wenn von unbekannten Mooren und entfernten Gestaden die silberschwingigen Seeschwalben mit ihrer flüggen Brut über der Aller erscheinen, dann stehen auf jedem Horst in der Ahe zwei, drei Jungreiher und proben ihrer Schwingen Kraft. Einer oder der andere verliert dabei das Gleichgewicht und stürzt über Bord; den holt sich nachts der Fuchs; aber die meisten sehen sich vor, und die Alten freuen sich schon des Tages, daß sie alle zusammen mit ihnen über der grünen Ahe kreisen können.

Aber dann kommt der Tag, da Angst und Schrecken über die Siedlung hereinbricht: schwere Stiefel zertreten die hohen Nesseln, grüne Röcke lehnen sich gegen die weißgetünchten Stämme der Eichen, braunrote Gesichter tauchen zwischen dem laublosen Geäst von Kornelkirsche, Maßholder, Schlehdorn und Wildrose auf, metallische Blitze prallen von blanken Büchsenläufen.

Zehn Altreiher prasseln aus den Kronen, kreisen mit langen Hälsen über dem Walde, starren mit ängstlichen gelben Augen hinunter. Ihre Schreckensrufe finden von ringsherum Antwort, von Morgen und Abend, Mittag und Mitternacht klingen heisere Angstlaute heran, ein Sausen und Brausen, Klingen und Klatschen ist über dem Forste, schnelle schwarze Schatten fallen über den weißgekalkten Waldboden, alle sechzig Altreiher kreisen als riesengroße Kreuze unter dem hellblauen Sommerhimmel.

Die Jungreiher, immer hungrig, stellen sich auf die Horstränder, recken die Hälse, sperren die nimmersatten Schnäbel auf und schreien nach Fraß. Da knallt ein Schuß, kurz und scharf wie ein Peitschenknall, durch den Wald. Ein Jungreiher spreizt die Flügel, kippt hin und her, verliert den Halt, poltert von Ast zu Ast und schlägt dröhnend auf den Boden auf. Das Angstgerufe über dem Walde wird zum Wehgekreisch, aus dem ruhigen Kreisen wird ein verstörtes Geflatter, aber Schuß auf Schuß knallt, ein Jungreiher nach dem andern poltert herunter, stürzt herab oder bleibt mit zerrissener Brust im Horste liegen.

Ab und zu fällt etwas Blankes, Glitzerndes, Glänzendes von oben herab, ein Fisch, den ein Altreiher von oben herab seinem Jungen vorkröpfte, demselben Jungen, das mit zerschmettertem Fittich im Horste liegt, in Todesangst den Hals hin und her zuckt und verzweifelt mit offenem Rachen seine Alten um Hilfe anschreit, bis sein Kopf herabsinkt und ein letztes Zittern durch sein Gefieder geht.

Noch ein Schuß knallt; keiner folgt ihm mehr; auf keinem Horste zeigt sich noch ein grauer Leib, ein heller Hals; alle Jungreiher liegen tot am Boden, säuberlich gestreckt; aus roten Gesichtern zieht blauer Dampf durch den Wald, lautes Gelächter flackert empor, und dann wird es still in der Ahe; nur die Reiher kreisen stumm über ihr und zwischen ihnen fünf Kolkraben, die den reichen Fraß eräugt haben.

Auf einem Moosdache in Ahlden knarrte vor Jahren eine rostige Wetterfahne im Winde, in die kunstlos ein rohes Abbild einer Reiherbeize eingesägt war; und vielleicht lebt in Ahlden noch einer von den Leuten, die als Jungens dabei waren, da man in der Ahe die alten Eichen schlug; als die Riesenbäume am Boden lagen, sah man mit Verwunderung, daß in ihren Kronen Faßreifen und dicke Eisendrähte hingen, rot von Rost und zermürbt, wie man sie auf dem Dach anbringt, damit der Storch dort bauen soll.

Den Reihern zuliebe flocht man sie dort ein, ihnen das Horsten zu erleichtern; sorgfältig hegte und pflegte man sie, nahm in schwere Pön, wer sie störte; und gönnte ihnen gerne den Aal und den Hecht, den Döbel und den Brassen, denn ein königlich Weidwerk bot die Jagd auf den stolzen Vogel.

Hunderte von Reihern horsteten damals in der Ahe; von ihnen schlug der Beizvogel, den des Jägers gelbbehandschuhte Faust warf, einen oder den andern, der dann bei Hörnerklang zum Jagdschloß getragen wurde, die andern aber ließ man sich ihres Lebens freuen und der Fischweid an den Ufern der reißenden Aller jahrein, jahraus.

Heute erschlägt man ihre Brut jahrein, jahraus und läßt sie faulen im Forste, den Kolkraben zum Fraß und schwarzroten Käfern; jahrein, jahraus wiederholt sich die Metzelei; jedes Jahr fliehen die alten Reiher mit Angstgeschrei, und jedes Jahr im März kommen sie wieder und horsten in ihrem Walde zwischen Leine und Aller.

DIE FURT

Die Hitze ist heute überall; die Luft flackert sichtbarlich über den Heidbergen.

Ich bin der Pürsche müde. Hier ist Schatten und weiches Moos, aber zuviel Geschmeiß singt und summt um mich her. Bei der Furt wird es kühler sein; ich wollte, ich wäre dort.

Wo bin ich gewesen? In einer weiten, hohen Kirche; rote Pfeiler trugen ein grün dämmerndes Gewölbe; Kerzenlicht flimmerte, Weihrauchduft wogte, dumpf klang eine Litanei. Aus dem Altarschreine lächelte die Madonna. Sie trug ein weißes Kopftuch, ein rotes Leibchen und einen blauen Rock. Ihr Gesicht war jung und lieblich, ihre Augen waren groß und gut. Sie lächelte und stieg aus dem Schreine heraus und wandelte leichtfüßig durch die Kirche.

Ich sehe den gelben Sandweg entlang, zu dessen Seiten sich die roten Fuhrenstämme erheben und in ein grün dämmerndes Gewölbe verlaufen. Helle Lichter spielen zwischen den Stämmen, schwerer Kienduft wogt, wie Priestergemurmel tönt es in der Runde. Dort, wo der Weg zwischen den schwarzen Machangeln bei dem Anberge verschwindet, kommt ein Mädchen her; sie trägt den weißen Flutthut, das rote Leibchen und den blauen Rock, wie alle Mädchen hierzulande. Leicht geht sie dahin; ihre nackten Füße wirbeln goldenen Staub auf. Ihr Gesicht ist jung und lieblich, und ihre Augen sind groß und gut. Ihre Wangen blühen wie Rosen, und ihre Arme sind reizend anzusehen. Ein Hauch von Frische weht hinter ihr her, wie er an der Furt geht, gesättigt von dem grünen Dufte des Erlenlaubes und dem bunten Geruche der Wiesenblumen, und reißt mich aus dem Moose und den Sandweg entlang durch das Vorholz über die Heide zu dem Bache hin, in dem der Weg untertaucht und am anderen Ufer in der Wiese wieder heraussteigt.

Wie eine Laube wölben sich die Erlen zusammen und

verweben ihr Laub mit dem Himmelsblau; zwischen ihren schimmernden Stämmen ist die lachende Wiese sichtbar. In den Uferbuchten schweben die leuchtenden Blumen der Wasserlilien, die nur einen Tag leben. Vor der weißen Sandbank ist eine Insel von dunklem Wasserkraut, auf der viele helle Blüten zittern.

Das Wasser ist klar und sein Grund ist rein; langbeinige Wasserwanzen werfen gespenstige Schatten darauf. Die Brombeerblüten beschauen sich lächelnd in der grünen Flut, und der Königsfarn bewundert sein stolzes Laub. Der Uferbord trägt einen Schuppenpanzer von Lebermoos, und darunter wallen und winken die rosenroten Wasserwurzeln der Erlen.

Ich lehne faul an dem moosigen Erlenstumpfe, kühle die Füße im Wasser, blicke dem Tabaksdampfe nach, der stetig über den Bach hinzieht und die blitzenden Fliegen verjagt, und sehe den zarten Wasserjungfern zu, die um das lachende Laub des Königsfarns flattern.

Wo bin ich wieder gewesen? Dort, wo die Blumen ewig blühen, wo keine Sense das grüne Gras zerschneidet, wo kein Nordost das Laub entfärbt und edelsteinfarbene Vögel aus den Büschen leuchten, wo es keine bitteren Gedanken gibt, die über süßen Wünschen schweben, wie düstere Fliegen über lichten Blumen, in dem Land ohne Tod und Sünde, auf dem Eiland Avalun. Funkelt dort nicht der Vogel in den Edelsteinfarben? Wenn er das Köpfchen dreht, sprühen bunte Blitze um ihn her. Und ein Falter weht über den Bach, Morgenrotsonne auf den Schwingen, und ein Ruf ertönt wie eine silberne Glocke, und ein Vogellied perlt aus dem Laube, so süß wie die Liebe, süße junge Liebe im Maienlande Avalun, in dem die Menschen lachen und küssen, bis sie wie müde Blumen vergehen.

Hier ist Avalun. Über mir ist ein Baldachin aus grüner und blauer Seide über einem Teppich, flammend von Farben. Ich bin der König von Avalun. Wenn ich lache, wiegen sich die goldenen und silbernen Blumen fröhlich über dem Wasser. Hier ist es goldig und da silbern, dort rot und drüben blau. Es ist ein wunderbares Wasser, das Wasser von Avalun; es heilt die Wunden des Herzens und kühlt die Wünsche der Seele; es ist aus reinem Tau gebildet und ohne Fehl und Falsch.

Ein heller Pfiff ruft mich zurück; ein blauer Pfeil mit smaragdener Spitze fliegt über den Bach. Der Eisvogel, der Gleißvogel ist es, und kein Vogel aus dem Lande, in dem meine Seele war, der Blumeninsel, um die der Sehnsucht perlgraue Wellen schluchzen. Meine Seele ist wieder in meinen Händen. Neben mir liegt die dreiläufige Waffe und das scharfe Glas. Alle Blumen tragen wieder kalte Namen, und für jegliches Wesen weiß ich das trockene Wort.

Vogel mit der abendrotfarbigen Brust, sing mir dein tautropfenklares Silberlied. Und singe es noch einmal, und singe es abermals, bis ich still wie das Wasser bin und ruhig wie die Lilienblüte; so still soll es in mir sein, daß ich meines Blutes Klingen lauschen kann und dem Atemholen des Windes, der in dem Walde schläft. Sing, Vogel, singe dein süßes Abendlied, daß mir die Augen wieder zufallen und meiner Gedanken Umrisse zu weichen Traumgestalten verdämmern, singe mir das silberne Lied vom goldenen Avalun.

Ich grüße dich, Königin von Avalun; so schön bist du, daß deine Schönheit hüllenlos sich zeigen darf. Die Sonne verweilt, um deine schlanken Glieder zu liebkosen, die Welle zögert, weil sie deine Füße küssen muß, und der Wind hält den Atem an, so erschrak er vor deiner Schönheit. Dich grüßt der silberne Liebesstern über dem fernen Walde, dir leuchtet der goldene Wurm im tauigen Moose, dir zur Ehre duften die Blumen so süß. Du bist so schön, daß kein Dichter es sagen kann; deine Schönheit ist wie ein goldenes Gitter, das unreine Blicke blendet, und deine Augen sind Schilde, an denen freche Wünsche abprallen.

Ein gellendes Lachen klirrt durch das sanfte Schweigen. Wer wagt solches Lachen in Avalun? Du, nachtschwarzer Vogel mit der giftroten Flamme auf dem Scheitel, du lachst mich fort aus dem Märchenland? Lache noch einmal, und ich hebe die Hand und krümme den Finger, und im Sande mußt du verbluten. Und auch du hüte dich, kreisender Weih, und fürchte meinen

Zorn; allzu höhnisch klingt deine Stimme. Was habe ich euch getan, daß ihr meine Träume erschreckt, so daß sie mit bleichen Gesichtern in schwarze Wälder fliehen?

Eine heiße Flamme schlägt mir in das Gesicht, Dunkelheit umspielt meine Augen, und meine Brust wird zu eng für das Herz. Dort unten, vor der grünen und goldigen Wand, steht in dem blausilbernen Wasser sichtbarlich und leibhaft, rot von der Sonne beschienen, ein nacktes Weib, läßt aus den hohlen Händen Wasser über ihre schmalen Schultern rieseln und streut schimmernde Strahlen über ihren schlanken Leib. Die Welle zögert zu ihren Füßen, und der leise Wind, der von der Wiese kommt, hält erschrocken den Atem an. Die silbernen und goldenen Blumen grüßen sie, und das Rotkehlchen singt ein Lied zu ihrem Preise.

Mein Glas liegt neben mir; als ich es sah, sprang mir das Blut wieder in das Gesicht. Das Bild, das ich sehe, ist schön wie ein Traum: die schlanke, helle im Sonnenlicht rosig leuchtende Gestalt in dem blitzenden Wasser vor der grünen Wand; aber ich wollte, ich wäre weit fort von hier. Doch hinter mir verschränken die Erlen ihr Astwerk.

Die Ellritzen spielen um meine Knöchel; weiße Falter wehen über die bunte Wiese hin wie stille Gedanken durch laute Stunden. Vom Walde klingt des Taubers Ruf; das tiefe Schluchzen des Sturmes ist darin; das bange Weinen des Windes. Voll tiefer Zärtlichkeit und heißer Sehnsucht ist der Ruf, ein Lied ohne Worte, das alles sagt.

Ein goldenes Lilienblütenblatt treibt den Bach hinab und nimmt meine Augen mit. Verschwunden ist die rosenrote Gestalt unter dem grünen Baldachin, für immer verschwunden.

Aber ich war in Avalun.

GOLDENE HEIDE

Die Heide hat vier hohe Zeiten; sie blüht viermal im Jahre.

Bevor im Vorherbste der Honigbaum sich rosenrot färbt, hat die Heide schon eine Blüte erlebt.

Wenn am tauklaren Maimorgen die Birkhähne trommeln und blasen, schmückt sie sich mit den silbernen Seidenblumen des Wollgrases; es sieht dann aus, als wäre der Winter noch einmal zurückgekehrt.

Jedes Birkenbäumchen aber straft mit dem leuchtenden Grün seiner jungen Blätter diesen Wahn Lüge, und auch die Heidlerche, die unter den Wolken hängt und so lustig dudelt, als wäre sie berauscht von dem Balsamduft, der aus den Smaragdwellen zu ihr aufsteigt.

Das ist die Zeit, in der die ganze Heide singt und klingt; sonntags abends ziehen dann die jungen Mädchen, in breiter Reihe untergehakt, über die Dorfstraße und singen alte, schalkhafte Lieder von dem Jäger und dem Mädchen in dem Walde.

Wenn das Heidekraut blüht im September und die Immen um den Honigbaum summen, wenn die Heidberge in Rosenrot, Purpur und Violett getaucht sind, dann zieht auch der Stadtmensch in die Heide hinaus und schwärmt für ihr Blühen und Glühen.

Ist aber das Heidkraut längst abgeblüht, ist das Silbergrau der trockenen Kelche zu fahlem Graugelb verwittert, dann ist die Heide vergessen, dann ist sie einsam und still; nur wenige Leute wissen, daß dann die Zeit kommt, in der sie ihr allerschönstes Kleid aus der Lade holt.

Wenn die wandernden Kraniche unter den Wolken herziehen, wenn die Wildgänse rufen, wenn der Nordwind über die Buchweizenstoppel geht und die Kartoffelfelder leer und zerwühlt sind, dann legt die Heide ihr herrlichstes Gewand an.

Aus schwerem Goldbrokat ist es gearbeitet, grüne Samtaufschläge zieren es, mit gelbseidenen Borden und purpurnen Kanten ist es besetzt, mit Scharlachfäden durchwirkt und über und über mit glitzernden Diamanten, schimmernden Perlen und leuchtenden Korallen benäht.

Dichte, langwallende Nebelschleier verhüllen morgens ihres Prunkgewandes Pracht; langsam, als schäme sie sich der eigenen Herrlichkeit, legt sie einen Schleier nach dem andern ab, enthüllt erst ihres Braunhaares Korallenschmuck, ihres Halses Diamantengeglitzer, ihrer Schultern Silberspitzentuch, ihres Gürtels Goldgefunkel, ihres Kleides grünbraunen, scharlachdurchzogenen Faltenfall.

Sie ist nicht mehr die junge, lustige Heide mit dem Birkenbalsamduft in dem smaragdgrünen Seidenkleid, nicht mehr die hübsche, junge Frau in der rosenroten Atlasschleppe; eine stattliche Frau in den besten Jahren ist sie geworden.

Das Lerchenliederlachen ihrer Mädchenjahre hat sie verlernt, die Blaufalterseligkeit ihrer jungen Frauenzeit liegt weit von ihr; sie ist stiller und ernster geworden, um Mund und Augen ziehen sich feine Fältchen, sie hat ihre trüben Stunden, in denen sie des ersten Schnees in ihrem braunen Haar gedenkt, den ihr des Jahres Ende bringen wird; aber sie kann immer noch lachen und strahlen und glänzen, blieb immer noch eine schöne Frau.

Ein wenig mehr Fülle hat sie bekommen, etwas bequemer ist sie geworden; sie liebt es nicht mehr, solange wach zu bleiben bei den Feuerwerkfesten der Abendsonne und den Liederkonzerten der Lerchen; sie bleibt auch schon gern ein bißchen länger im Nebelbett, steht nicht mehr so früh auf, und sie braucht etwas mehr Zeit zum Anziehen und eine Stunde mehr für ihre Flechten. Das ist aber ihr gutes Recht: alternde Leute schützt ein wenig Sorgfalt vor dem Alter, und man soll ihr Tun nicht Eitelkeit nennen.

Auch Launen hat sie bekommen mit der Zeit; Tage hat sie, an denen ihre Stirn kraus und ihre Augen düster bleiben; sie seufzt dann über die verlorene Jugend und stöhnt über die kleinen Gebrechen, die das kommende

Alter künden; dann hüllt sie sich in den grauen Mantel und ist unliebenswürdig gegen störende Gäste.

Wer sie aber gut kennt, der kümmert sich nicht um ihre Launen; mag sie auch alle Fenster mit dichten, weißen Vorhängen verhüllt haben, schließlich strahlt doch ihres warmen Herzens Sonnigkeit, leuchtet ihrer Güte Lächeln, blaut ihres Frohsinns Himmel, kommt ihrer Seele goldener Reichtum bezaubernd zum Ausdruck, und sie ist dann schöner und herrlicher als je.

Es ist der Mühe wert, sich zu ihrem Herbstfest einzuladen. Wunderbar hat sie ihr Heim geschmückt, in ein Prachtgewand sich gekleidet, in das schwere Kleid aus Goldbrokat, das sie nur kurze Zeit trägt und das sie bald mit dem silbernen Gewand vertauscht, in das der Rauhreif sie kleidet, ihrem letzten Blütenkleide, ehe das Schneeleilicht sie bedeckt.

Lieblich ist ihr Maienfest, wonnesam ihre Spätsommerfeier, aber prächtig ist das hohe Fest, das sie im Herbste gibt. Erstaunt steht der Gast, der noch nie bei dieser Feier war; wohin er sieht, scheint es von blankem Golde, leuchtet es in gleißender Pracht, funkelt es in reicher Glut. Da ist kein Birkenbäumchen zu dürftig, als daß es nicht einem güldenen Springbrunnen gliche, jeder Moorbeerbusch glüht rosenrot, und alle Poststräucher lodern und brennen. Mit Silberperlen ist der Samtteppich bestreut und mit mattem Golde sind seine Kanten benäht, und des Prunksaales Decke ist ausgeschlagen mit einem lichten, blauweißen Seidengespinst, von dem sich weiße Flocken ablösen und lustig dahinschweben.

Nicht lange währt der Heide hohes Fest, aber lustig ist es bis zum Ende, bis zu dem wilden Kehraus, zu dem der Wind seine tollsten Tänze spielt. Dann rieselt das Gold dahin, flittert und flattert, wirbelt empor und taumelt herab, bis ein hohler Tusch das Ende der Feier kündet.

Wer es einmal mitfeiern durfte, das hohe Fest der Heide, der sehnt sich das ganze Jahr über danach.

Vier hohe Zeiten im Jahre hat die Heide; ihr schönstes Fest aber gibt sie im Herbste.

IM BLAUEN SCHIMMEL

Der Blaue Schimmel ist ein Erbkrug. Herzog Georg von Celle, den die Bauern Jürgenvater nannten, hat in der Gegend viel gejagt, teils brave Hirsche, teils ein anderes edles Wild, das blonde Zöpfe hatte; im Blauen Schimmel hat er oft den grünen, mit rotem Lungenschweiß gefärbten Eichenbruch am Jagdhut, im Backenstuhle gesessen, roten Wein getrunken und rote Lippen geküßt. Dafür hat er dann den Krug zum Erbkrug gemacht; auf ewige Zeiten, wie es in der Urkunde heißt, die in Glas und Rahmen in der Gaststube hängt zwischen den alten stockfleckigen, in Birnbaumholz eingerahmten Bildern, die des Jägers Hochzeit, Kindtaufe, Leichenzug und Auferstehung darstellen.

Der Hof, der zum Kruge gehört, heißt der Schimmelbergshof. Als Jürgenvater einmal sehr guter Laune war, denn er hatte den Tag drei starke Hirsche erlegt und nachher etwas viel gewürzten Wein getrunken, da hatte er der Haustochter gesagt: so viel Land, als sie in einer Stunde auf dem alten Blauschimmel umreite, solle beim Kruge bleiben.

Er soll ein sehr langes Gesicht gemacht haben, als die hübsche blonde Regina den alten Hengst in eine Gangart brachte, als wäre er ein Fünfjähriger; für sein Leben hätte er gern gewußt, wie sie das fertiggebracht habe, aber sie lachte bloß hinter ihrem Fürtuche; na, und was sollte der Herzog machen? Ein Wort ist ein Wort, und so wurde der Blaue Schimmel Erbkrug mit viel Land dabei.

Der jetzige Besitzer ist ein langer, breitschultriger, lang- und dünnbeiniger Mann mit todernstem, faltenreichem Gesicht; er hat in den Hof hineingeheiratet. Daß er Meyer heißt, hat er selbst beinahe schon vergessen; er wird nur Schimmelberg genannt, meist aber Lutjen; er spricht wenig, aber was er sagt, das stimmt, und mit dem ernstesten Gesicht macht er die schönsten Witze.

Aus der Gastwirtschaft macht er sich gar nichts; die

geht die Frauensleute an. Kommt ein Fremder, so kann er warten, bis er schwarz wird, ehe der Wirt ihn fragt, was er trinken wolle. Die Stammgäste wissen das und bedienen sich selbst. Schimmelberg tut das nie; lieber schreit er zwanzigmal „Detta!“, ehe er von der Bank neben dem alten Plaggenofen aufsteht, wo er abends immer sitzt, kalt raucht und das hannoversche Pferd streichelt, das die Eisenplatte des Ofens ziert. Tritt ein Gast ein, so macht er eine Bewegung mit dem Oberkörper, als wolle er aufstehen, zeigt mit der zerkauten Pfeifenspitze auf die Ofenbank und sagt in singendem Tonfall und mit drei Pausen: „Gah sitten! Sett di dahl! Sett di!“

Das sagte er auch zu mir, als ich eintrat. Die Mücken hatten mich aus dem Bruche gejagt; Rauchen half nichts mehr, es waren zu viele, und bei der Hitze kamen die Rehe doch nicht vor der Nacht, ehe die Wiesen tauschlägig waren; so ging ich in den Krug und setzte mich an die andere Ofenecke.

Es waren allerlei Gäste da; erst drei fremde Käsehändler, die mit dem Planwagen umherzogen; dann der Mooraufseher, auf dessen braunes, verkniffenes Gesicht die Abendsonne einen roten Schein warf; dann der Küster, der am Fenster saß und die Zeitung las; schließlich noch ein Zimmergeselle, der bei Brinkmanns Scheunenbau beschäftigt war, und ein älterer Mann mit klugem, gutmütigem, graubärtigem Gesicht, der etwas betrunken war; er saß vor einem leeren Blaurand, hatte die Arme mit den schwarzen Händen breit auf dem Tische liegen und stierte ein bißchen blöde vor sich hin, ab und zu sich aufraffend und den Versuch machend, klar um sich zu sehen. Ich hatte ihn schon einmal gesehen, wußte aber nicht gleich, wer es war.

Ich saß in meiner Ecke, rauchte meine Pfeife und sah zwischen den Herzblättern der Linde vor dem Fenster in die Abendröte; eine dreifarbige Katze saß auf der Fensterbank und horchte nach dem Gepiepe der jungen Schwalben; ein Spitz bellte, man hörte die Mädchen lachen, die Schleiereule röchelte und wimmerte vom Kirchturm; in der alten Kastenuhr schlug der Pendel hart und langsam sein Ticktack.

Der angetrunkene Mann fuhr aus seinem Halbschlaf auf, schob das Glas vor und rief mit lallender Stimme: „Schimmelberg, noch 'n L . . . L . . . ütt . . . jen!"

„Kriegst kein' mehr", sagte der Wirt langsam, „büst so all dicke!"

„Denn giff meck 'n Grooten!" erwiderte der Graubart.

Jetzt kannte ich ihn; es war ein alter Schneidergeselle. Er hatte mir einmal in der Gegend von Isenbüttel einen Flicken in den Jagdmantel gesetzt. Er war viel in der Welt herumgekommen, war ein fleißiger, stiller Arbeiter, bekam aber alle Monate seinen Zug; dann trank er drei Tage, tat aber keinem Menschen etwas, hielt nur große Reden über Politik und Religion und sang.

„Schimmelberg, dann giff meck 'n Glas Bier!" rief er.

Der Wirt wollte gerade sagen: „Hal di sülwen wat!", besann sich aber und schenkte ihm ein Glas ein. Der Schneider holte eine mit Glasperlen gestickte Börse heraus, suchte lange darin herum und zahlte; dann trank er, steckte seinen Zigarrenstummel an, starrte lange auf meine Jacke und sprach:

„Das is ein Jägersmann. Denn er ist in Lodenstoff gekleidet. Erst dacht ich, es wär' ein Beiderwand. Es ist aber Lodenstoff. Den machen sie im Lande Tirol. Ich bin dagewesen."

Er sann eine Weile nach und fuhr fort: „Ich bün auch schonst auf Jagden gegangen. In'n Wietzebruche. Mit dem ollen Kröger. Der verstand die Kunst. Er hatte seine Deele ganz voll von Hirschgeweiden. Das war ein ganzer Freischütz. So manchen dicken Hirsch hat er die Försters wegeholt. Jetzt ist er darüber weege. Er ist dote!"

Er bedachte sich wieder ein Stück: „Wenn man den Hirsch, der olle Kröger sagte immer: Happbock, schießen will, dann muß man erst wissen, wo einer is. Wenn'n das weiß, dann geht'n auf'n Baum sitzen, daß er die Wiederung nich kriegt."

Er schwieg wieder: „Bei Mondenlicht muß'n dahin; denn sonsten sieht'n 'n nich. Und da wart' man, bis er kommt. Meist kommt er nich."

Er trank sein Glas aus, klopfte damit auf und rief: „Schimmelberg, 'n Lüttjen!"

„Kriegst keinen mehr, hest all mehr wie 'noog!"
„Denn giff meck 'n Grooten!"
Der Wirt antwortete nicht, und der Schneider erzählte weiter: „Man muß scharf laden, wenn'n 'n Hirsch schießen will. Am besten eine Kugel und sechs oder acht Pilasters. Siebzig haben die Franzosen auch mit Pilasters geschossen. Das ist nicht erlaubt. Aus Milldrajösen. Bismarck hat sie ihnen deshalb alle abgenommen!"
Der Zimmergeselle bestellte noch zwei Glas Bier, und als der Schneider getrunken hatte, kam er wieder in Fluß: „Bismarck war ein großer Mann. Ich hab'n gesehen. Wenn er ein' ansah, dann ging es einen durch und durch. Er hatte man drei Haare, aber vor den kleinen Mann hatte er doch nichts über!" Der Küster sah mich an und lächelte. Der Schneider nahm das für Beifall, schlug auf den Tisch und rief: „Wir woll'n ein Krieges-lied singen: Erhebt euch von der Erde, ihr Schläfer . . . Weiter wußte er es nicht; er schüttelte den Kopf: „Denn ein anderes: Als wir achtzehnhundertsiebzig sind nach Frankreich reinmarschiert, hat die Guste, die bewußte, mich ein . . ."
Er schüttelte wieder den Kopf; denn auch hier verließ ihn die Erinnerung. Nach einer Weile fing er dann an: „Wie das wohl mit die Russen und die Japanesen wird? Die Russen sind schon gut. Es gibt da einen guten Schnaps. Wuppdich sagen se dazu. Ich bin dagewesen!"
Er sah den Zimmergesellen an, stieß sein Glas gegen dessen Glas, trank einen winzigen Schluck, besann sich und fuhr fort: „Die Russen sind man bloß dumm. Die sollten mit ihren Kosakens nach Japan reiten. Das sind forsche Kerls. Die fressen das Fleisch roh!"
Er überlegte wieder ein bißchen: „Ich mag rohes Mett nich essen. Trichinen sind drin. Und die Wurst hier mag ich auch nich. Vorzüglich die Rotwurst. Weil kein Meiran mang is!"
Er saugte vergeblich an seiner toten Zigarre, schüttelte wehmütig den Kopf und sprach weiter: „Im Land Italien hab' ich gute Wurst gegessen. Zalami sagen sie dazu. Sie sollen da die Esel reinhauen. Ich glaub's nich. Aber den Knopplauch kann'n rausschmecken!"

Ein sonderbares Lächeln zog um seinen Mund, als er weitersprach: „Knopplauch, den mag ich schonst. Aber den Frauensleuten sollten ’n verbieten. Im Lande Italien hab’ ich keine Liebschaft gehabt. Von wegen den Knopplauch!

Da sind se alle katholsch. Aber das ist eingal. Ich habe viele Religionen kennengelernt. Es is ganz gleich, was der Mensch für eine hat. Die Hauptsache is, daß er eine hat. Ich habe gar keine!“

Die alte Kastenuhr holte schnarchend aus und schlug die zehnte Stunde: Draußen tutete der Nachtwächter. Der Wirt bot Feierabend. Ich sprach mit dem Moorauf-seher noch vor der Tür. Der Schneider ging an uns vorbei. Er sah uns nicht.

Langsam, nur ein klein bißchen unsicher, ging er mitten auf der Straße und sang mit seinem zerbrochenen Tenor: „Brüder, über hundert Jahr hab’ ich weder Kopf noch Haar.“

DER HEIDWEG

Tag für Tag gehe ich denselben Weg, der von dem Hofe durch die braune, rosig überhauchte Heide zum Holze führt, eine halbe Stunde lang hügelauf, hügelab, nach links und rechts sich wendend, bald breit, bald schmal, wie die Heidwege so sind.

Er hat gar nichts Besonderes an sich, dieser Weg; er ist so wie alle Heidwege: kein Landmesser legte ihn fest, kein Arbeiter beschotterte ihn, keine Dampfwalze festigte ihn. Die Gewohnheit hat ihn geschaffen; er ist der kürzeste Weg zwischen den beiden Höfen an der Landstraße und dem Einzelhofe da hinten hinter der Forst; die Räder der Wagen, die ab und zu hier fahren, um Plaggen, Holz oder Bienenkörbe zu befördern oder Leute hierhin und dahin zu bringen, schnitten den Weg in den heidwüchsigen Boden der höheren Lagen, in den weißen Sand hier, in den grauen Bleisand da, in den dürren Anger in den Senkungen. Hatte es ein starkes Gewitter gegeben, so daß in den Sinken Wasser stand, dann fuhr der Bauer rechts und links um die Stelle herum; dann wurde der Weg dort breiter, doppelt, dreifach, vierfach.

Ich gehe den Weg jeden Tag, um abzuspüren, ob Rotwild oder Sauen durchgewechselt sind, oder um zum Anstand zu kommen; ich gehe ihn morgens vor Tau und Tag, wenn die Eule noch ruft und die Lerche noch nicht wach ist, und abends, wenn der Reiher über die Fuhrenkronen streicht und rostbraune Abendfalter hastig und unstet über die Heide fahren; ich sah ihn im Frührotschein und in der Abendröte, bei sengender Mittagsglut und bei pfeifendem Nordost; ich kenne ihn auswendig.

Ich kenne jeden Strauch und jeden Baum rechts und links von ihm; ich weiß, daß da ein größerer Stein kommt, daß hier ein Hasenunterkiefer im Sande bleicht, daß dort ein Pfeifendeckel neben einer Binsenstaude liegt; ich kenne die Wollflocke in dem toten Machangel und den Trichter des Ameisenlöwen unter dem

Quendelbüschel; ich weiß, daß links vom Wege ein Hase sitzt und daß rechts in der langen Heide Birkwild liegt, daß hier oben Rehfährten den Boden narben und daß dort unten der Dachs gestochen hat, einen wie den andern Tag; Neues kann er mir nicht bieten, der Heidweg.

Und darum gehe ich ihn einen um den andern Tag in derselben gleichgültigen, unaufmerksamen Weise, die Pfeife im Munde, die Hände auf Lauf und Kolben der Büchse, die ich über den Rücken gekreuzt habe; und wenn ich so dahingehe, dann sehe ich jeden Tag dasselbe, und bei jedem Ding fällt mir dasselbe ein.

Da ist zuerst eine Fuhre, ein keckes Ding von fünfzehn Jahren. Wie die sich das Leben denkt: leicht, einfach, schön. Ach ja. Jetzt, wo sie noch klein ist, wo sie im Norden der Stangenort, im Osten der Hochwald, im Süden und Westen die Heidberge schützen, da kann sie noch die Zweige keck und froh in die Höhe recken, als wolle sie in die Wolken damit.

Aber die hohe Fuhre am Berge, die weiß, wie das Leben ist; auch sie war einst so keck und froh und langte mit geraden Zweigen in die Wolken. Aber Ostwind und Nordwind und Schneelast faßten sie und drückten sie, machten ihre Zweige krumm, ihre Krone flach und gaben ihr den Zug stiller Entsagung, den Ausdruck hoffnungsloser Wehmut.

Über den schwarzen Machangelbusch, der dort hinten so keck die Heidhöhe überschneidet, muß ich jedesmal lächeln; von hier aus sieht er so groß aus, sieht viel höher aus als die Heidberge hinter ihm, und je näher man an ihn herankommt, um so kleiner wird er, um so größer werden die Berge. Doch das geht nicht bloß dem Machangel so, das kommt auch sonst noch vor.

Die schlanke Fichte dauert mich; ihre Form paßt so gar nicht zu den welligen Linien der Heide; sie ist ja auch nicht von hier, gehört auf die Berge, wo schroffe Linien sind. Der Nordostwind weiß das; der wird ihr den Mitteltrieb ausbrechen, wird ihre Zweige verbiegen, bis sie so rund und struppig sind wie die alten Fichten dort. Dann paßt sie in die Heide.

Bei ihren jüngeren Schwestern übernehmen die

Schnucken die Arbeit; in jedem Frühjahre verbeißen sie die jungen Triebe, aus dem schlanken Tannenbäumchen wird ein struppiger Igel, und wenn es groß ist, dann sieht es seltsam verschnörkelt und verkrümmt aus, Äste, Äste, lauter Äste und kein Stamm.

Es gibt auch solche Menschen; sie müßten gerade und schlank aufwachsen, aber sie stehen auf falschem Boden, in einer Umgebung, die nichts Schlankes und Gerades verträgt. Allerlei beißt und biegt an ihnen herum, und schließlich werden sie schrullige Geschöpfe. Und konnten Großes sein.

Eine stand da, die war groß und schlank und stolz und schön; die hat der Blitz zerspellt. Den Krüppeln tut er nichts. Aber hochzuwachsen und vom Blitz getroffen zu werden, schließlich ist es doch besser, als krüpplig zu bleiben und verschont von Blitz und Sturm. Es gibt Menschen, die anders denken; die leben, damit sie im Alter nicht verhungern. Aber das ist dann auch kein Leben.

Hier der Machangel duckte sich und krümmte sich und schickte sich; und was hat er nun? Ein graues, krummes Skelett ist es, über das die Schnucken trampeln. Aber um die Ruine der Riesenfichte müssen sie herum; im Tode noch läßt sie nichts Kleines an sich heran.

Die Hängebirke auf dem Hügel tut mir leid; ihre Zweige greifen verlangend umher, ihre Bewegungen haben etwas Rührendes, als wollten sie zurück in die Jugend und in den Frühling. Es gibt nichts Traurigeres als eine alte Birke im Herbstwind.

Und nichts Lustigeres als den jungen Maibaum; schlanke Äste, hochauf, besät mit goldgrünen Blättchen, leuchtend, glitzernd, duftend vor Jugend und Schönheit. Eine junge maigrüne Birke im Sonnenschein, dann lacht mein Herz, aber meine Seele trauert, sehen meine Augen die Hängebirke auf der Heide. Ich weiß wohl, warum.

Hier hat eine Königskerze gestanden: ein zerknickter Stengel, zwei verwelkte Blätter blieben davon; das taten die Hufe von hundert Schnucken; und Hunderte von Schnuckenhufen zertreten Tag für Tag die Heide, Hunderte von Schnuckenmäulern rupfen daran herum. Der

Heide schadet das nichts; sie bleibt kurz, krümmt sich zu Boden, treibt kümmerliche Blüten, aber sie lebt doch und blüht. Mancher verträgt eben Fußtritte, mancher nicht. Und darum gibt es nicht so viele Königskerzen wie Heide; das Häufige ist nie schön und vornehm.

Hier, wo vom letzten Gewitterregen der Boden feucht geblieben ist, ist das Jagdgebiet einer dicken Kröte; gestern abend sah ich ihr zu, wie sie vorsichtig dort pürschte und ab und zu mit der Klapperzunge ein Insekt wegfing. Heute steh ich hier und sehe dem Falken zu, der auf der Heide eine Lerche jagt; er stößt fehl und streicht weiter. Die Kröte hat nie Fehljagd. Aber sie jagt auch Spinnen und Fliegen und Würmer.

Es geht gegen Abend; eine Schnarrheuschrecke mit grellroten Unterflügeln fliegt ruckweise, laut schnarrend, an mir vorbei; sie denkt wunder, wie schön das ist, und dabei ist es eigentlich recht lächerlich, dieser ruckweise Schnarrflug; und doch wird er seine Wirkung auf die kurze, schwarze Schöne im Heidekraut nicht verfehlen. Jeder Verliebte ist lächerlich, nur nicht für die eine. Tröstet euch damit.

Ein rostroter Nachtfalter kommt angesaust. In unsteten Zickzacklinien huscht er über die Heide; jetzt ist er dort unten, jetzt kommt er wieder näher, nun taumelt er über die kurzen Brombeerbüsche der jungen Besamung und fährt hastig weiter nach den gelben Schmielen; er sucht eine, die ihn liebhat; aber es ist schon zu spät im Jahr, und wer weiß, ob er sie findet; und es ist doch so schwer, zu sterben und nicht zu wissen, was Liebe ist. Für den Falter ist das nicht so schlimm; er sucht nur eine, aber der Mensch sucht die eine.

Am Buchweizen gähnen vier schwarze Schlünde und vier an den Kartoffeln; das sind Ansitze, die sich der Bauer gemacht hat; von da aus erlegt er die Sauen und das Rotwild, die seine Äcker verwüsten. Hier unter dem struppigen Machangel gähnen lauter silbergraue Sandtrichter; in jedem lauert ein scharfbewaffnetes Ungetüm auf Spinnen und Ameisen, die in den Trichter fallen. Ein grüner Käfer rennt flink über den Sand, in den scharfen Zangen eine Fliege. Zierliche Schwalben fahren über die Heide; ich höre die kurzen Schnäbel knappen; jeder solcher Laut ist der Tod eines Wesens. Aus dem Brombeerbusche klingt ein jammervoller Ton, dünn, fein, aber voll Todesangst; da wickelt die dünne Spinne eine bunte Schwebfliege ein. Überall ist der Tod.

Ich gehe gelassen über die Heide und blase sorglos den Dampf der Pfeife in die Luft; ich gehe und töte im Gehen Pflanzen und Tiere. Das ist nun einmal so. Und wer weiß, ob dicht bei mir nicht etwas auf mich lauert, um mich hinabzuzerren, heute oder morgen oder übermorgen oder einen Tag später. Eigentlich müßte mir das alle Lebenslust nehmen.

Ich gehe einen Weg, dessen Anfang und Ende ich nicht sehe; Anfang und Ende verlieren sich in dunkler Heide und düsterem Wald; und doch bin ich ganz gelassen.

Vor jenem Heidhügel, dessen Kuppe ein heller Sandfleck schmückt, steht ein einsamer schwarzer, hoher Machangel; da zur Rechten steht ein ganzer Haufen derselben Sträucher, alle gleich in der Form. Aber der Einsame sieht ganz anders aus. Ja, die Gesellschaft, wie die abschleift das Böse und das Gute. Wenn du in ihr leben willst, mußt du den Charakter opfern. Wenigstens verstecken.

Manchmal ist es aber auch ganz seltsam, ganz anders. Hier steht mitten zwischen rotblühender Heide ein Busch, der blüht weiß wie Schnee; weit und breit ist keiner so wie er. Muß der Mut haben!

Und hier ist noch etwas Seltsames. Mitten in dem sandigen Windriß, mitten zwischen dem bunten Geröll, blüht ein Heidbusch, so rosenrot wie keiner ringsumher; alle andern sind fahl gegen ihn. So etwas kommt vor; in Schmutz und Elend und Verkommenheit findet man oft ein Gesicht, blühend in Schönheit und Adel.

Eine halbe Lanzenspitze aus Flintstein liegt im Geröll; das war einmal. Der Nordostwind trägt ein Donnern und Pfeifen heran; das ist der Schnellzug Hamburg–Hannover. Wie weit wir sind! Aber der Nordostwind lacht; wieviel Kulturen hat er blühen und welken sehen.

Steinwaffe und Bronze, Eisen und Stahl, alles ist vergänglich. Und einmal bringt er das Nordlandeis wieder und die Polarnacht, und halbwilde Fischer und Jäger klopfen sich hier mühsam wieder Lanzenspitzen und Beile aus Flintstein.

Eine silberne Distelsamenflocke fliegt mir an den Rock; wo mag sie herkommen? Ich sah nirgendwo hier eine Distel; aber nächstes Jahr wird eine hier blühen, und wieder ein Jahr weiter, dann sind es viele, die hier ihre Purpurköpfe leuchten lassen. So wandern die Gedanken.

Wie hoch und lang hier die Heide ist, wie scharf heben sich die Kuppen der Hügel ab; dann kommt die Dämmerung und macht alles klein; nur die hohen Machangeln bleiben noch sichtbar, noch einige Zeit. Bis die Nacht kommt.

Ich will dahin gehen, wo die Heide so wunderbar voll, so tief rosig blüht. Aber ich will es lieber lassen. In der Nähe sieht sie aus wie alle Heide; da ist das Fahle, das Braune, das Graue stärker als das Rosenrot; nur aus der Ferne sieht sie so schön aus. So geht es mit allem, dem wir zustreben. Es lohnt sich wirklich nicht, auf etwas zuzugehen.

Aber hier ist ja der starke Hirsch durchgezogen; ich muß doch sehen, wohin er gewechselt ist. Die Fährte steht nach der Forst zu. Aber dazwischen liegt Heide, und da spürt es sich schlecht. Und dann kommt die Landstraße, und die haben die Dragoner zerritten. Und dann kommt wieder Heide, und ich werde einen Bogen nach dem andern schlagen müssen, um auf den Bahnen, Wegen, Gestellen und Pürschsteigen die Fährte des Jagdbaren wiederzufinden; viel Mühe wird es kosten.

Ich muß lächeln. Eben dachte ich mir jeden Zweck aus dem Leben heraus, und nun kommt das Leben und hält mir lachend ein Ziel entgegen, und im Grunde genommen ein so geringes Ziel; und doch gehe ich mit Eifer darauf los.

So ist der Mensch.

HEIDGANG

Der Himmel ist dunkelblau und wolkenlos; alle Sterne blitzen, es leuchtet der blanke Mond. Der leise Wind ist scharf und spitz; er rauscht in den Hofeichen, raunt in den Fuhren an der Brücke, raschelt in den Birken an der Straße.

Durch den schwarzen Wald führt ein schmaler Weg; wie reines Silber leuchtet er im Mondlichte; die dunklen Schatten der Zweige hüpfen auf ihm einen unheimlichen Tanz.

In die dunkle Heide kriecht der weiße Weg, versinkt im nassen Moor und steigt wieder an der dunklen Düne herauf; da liegt ein großer weißer Stein vor einem schwarzen Riesenwacholder. Hier warte ich auf den Tag.

Dunkelheit ist um mich und Schweigen, eine Dunkelheit, verstärkt durch die hellen Lichter am Himmel, ein Schweigen, vermehrt durch der ziehenden Drossel dünnes Pfeifen.

Ein Stern versinkt im schwarzen Moor; ein Eulenruf verhallt im Raunen der Krüppelfuhren; das fahle Gras im Quellgrunde flüstert ängstlich, der Born singt ein dunkles Lied, ein Lied ohne Worte.

Die Dunkelheit beginnt zu leuchten, und die Stille singt und klingt; vergessene Stimmen reden, begrabene Gesichter tauchen auf, reden mit stummen Lippen und sehen mich mit toten Augen an.

Knaben mit hellem Haar, Greise mit lichten Bärten, Mädchen in silbernen Gewändern und Frauen in Nebelkleidern wallen in langem Zuge an mir vorbei; alle drehen die strenggeschnittenen Gesichter nach mir und winken mit weißen Händen langsam und lautlos.

Alle habe ich sie gekannt, alle, alle; sie waren im Moor der Vergessenheit versunken; ich wußte ihre Gesichter nicht mehr und konnte mich auf ihrer Stimmen Klang nicht mehr besinnen, alle die hellen Tage meines Lebens.

In dieser Dunkelheit sehe ich sie deutlich, und laut reden sie mir zu in diesem Schweigen, winken und nikken und seufzen und flüstern und sagen, ihre Sehnsucht nach mir sei groß; sie warten auf mich.

Im Ringelreihen wallen sie um mich herum, im Kringelkreis rücken sie näher zu mir, streifen mich mit kühlen Händen, langen nach mir mit feuchten Fingern, küssen mich mit kalten Lippen, flüstern mir tonlose Worte zu.

Wehrlos bin ich auf den Findelstein gebannt; hinter mir sperren des Wacholders Arme mir die Flucht, vor mir wallt die bleiche Schar mit eng verschränkten Händen. Kalt läuft es mir den Rücken herunter.

Ein lauter Ruf hallt durch die Nacht; im Dorfe kräht der erste Hahn. In Nebel zerfließen die Toten, zum Gesurre des Grases wird ihr Geflüster, zum Rauschen der Zweige ihrer Stimmen Geraune; über das Moor kommt langsam der Tag. Kommt mit Drosselpfiff und Lerchenlied, mit Frühwindpfeifen und Astgeknarre; die Sterne erbleichen vor dem Rosenschein über dem Moor, und der Mond verblaßt vor dem goldenen Licht, das hinter dem Wald auftaucht.

Die Dunkelheit flieht und das Schweigen schwindet; die hohen Birken am Wegrande schütteln den Schlaf aus den Zweigen, die stolzen Wacholderbüsche beugen die steifen Nacken, der Born im Grunde besinnt sich auf ein lustiges Lied.

Die ersten Sonnenstrahlen fallen auf die abgeblühte Heide und versilbern den Reif, zu dem der Frühwind die Nebelperlen erstarren ließ; die Stämme der Birken blitzen und blinken wie Silber, ihre Kronen leuchten und lodern wie Gold, und zwischen allen Wacholderzweigen zittern diamantene Gewebe.

Drommeten und Fanfaren erschallen im Moor; hundert Kraniche grüßen den goldenen Tag; ein Birkhahn schlägt die Trommel dazu, Meisen klimpern das Triangel, Häher und Krähen quarren dazwischen, und hoch aus der Luft ruft der Rabe.

Über weißen Sand und grüne Fuhren, gelbes Moor und braune Heide gehen meine Augen hin und her, den langsamen Füßen voraus; an Postbrüchen wandern sie vorüber, die in allen Farben glühen, an grünen Schneisen vorbei, von Silbertau funkelnd, an alten Fuhren, deren rauhe Stämme wie frischgetriebenes Kupfer glühen, und bleiben immer wieder auf jedem Heidhügel hängen, dessen warmes Braun zwischen harten blaugrünen Zweigen auftaucht.

Sie folgen dem fahlen Hasen, der über die Heide hoppelt, den grauen Rehen, die über die Wege ziehen, dem kreisenden Bussard über den Kronen und der roten Brust des Gimpels, die aus dem Fichtenhorste leuchtet.

Jeden blanken Stein im Wege finden sie, alle tiefen Fährten im feuchten Sande; des Goldhähnchens feurige Haube entgeht ihnen nicht, nicht des Faulbaums pechschwarze Frucht und des Fliegenpilzes brennendroter Hut. Über alles gehen sie fort und wandern immer weiter, von der Heide zum Holz, vom Holz in die Heide.

Wo der Knüppeldamm blank voller Wasser steht, schlägt ein Zweig klingend an den Büchsenlauf; ich hätte gar nicht mehr an die Büchse gedacht; der helle Klang erinnert mich an sie und die Fährten im schwarzen Boden; hier zogen die Hirsche heute nacht. Gestern wechselten sie am Born vorbei, wo ich vorhin saß, wieder vergebens, wie so oft schon.

Aber kein Ärger kommt in mir hoch; danke ich dem Hirsche doch so manchen goldenen Abend, danke ich ihm doch so manchen silbernen Morgen, Nächte voll Sterne und Tage voller Sonne, heimliche Stunden auf dem rostroten Hau und stille Gänge im graublauen Tannengedämmer, wenn die sinkende Sonne dem einschlafenden Walde goldene Träume gab.

Goldene Träume, an die er denkt beim Erwachen; alles um mich herum loht und lodert und leuchtet im Morgensonnenlicht, die modernden Stämme, die welkenden Farne, die faulen Stümpfe, die toten Äste; alles Leben wird lebendiger im Lichte. Die dunklen schräghängenden Fichtenzweige sind erfüllt von dem Gepiepe unsichtbarer Goldhähnchen und versteckter Meisen, Specht und Häher schreien und rufen, Drosseln und Amseln locken in allen Winkeln, Eichkatzen schnalzen in den Wipfeln, auf den moosigen Wurzeln singt der Zaunkönig, und über dem Walde jauchzt der Bussard.

Aber schöner noch als im feuchten, engen Wald ist es auf dem weiten, breiten Hau; der Herbst, der rote Mörder, ist durch den Adlerfarren gegangen und durch die Eichenjugenden; er segnete ihre Blätter mit seiner Bluthand und benedeite ihr Laub mit seinen Mörderaugen; da verloren sie ihre grüne Kraft und ihr frisches Leben, welkten und verdorrten.

Sie starben einen schönen Tod, einen Tod voller Glanz und Pracht; im lachenden Lenz ihrer Jugend und im prangenden Sommer ihrer Kraft waren sie nicht so herrlich geschmückt wie in dem Sterbekleide, das der Herbst ihnen gab.

Die Sonnenstrahlen zittern auf dem Farbengewoge, ziehen Wasserdämpfe aus dem feuchten Gebüsch, brechen sich in weichfließenden Nebelschwaden, prallen mit silbernem Gefunkel von den rindenlosen Stümpfen und mit goldenem Geflimmer von den gehauenen Stämmen zurück.

Ein langgezogener, glasglockenklarer Ruf ertönt, ein ganz unirdischer Laut; ein gellendes Teufelsgelächter klingt hintenher. Ein großer Vogel, schwarz wie die Nacht, von seltsamer Gestalt, stiebt mit hartem Fluge heran und bleibt an dem silbergrauen Stamme der toten Fichte hängen.

Der Schwarzspecht ist es, der zauberkundige Vogel, der die Springwurz wachsen weiß, die aller Türen Schlösser sprengt und aller Frauen Herzen dem, der sie bei sich trägt. Man sieht es ihm wohl an, daß er eigene Künste kann; umsonst trägt er auf dem Scheitel nicht die rote Flamme.

Dreimal in streng bemessenen Pausen rutscht er rasselnd um den rauhen Stamm, dreimal klopft er laut dagegen; dann läßt er seinen sehnsuchtsvollen Glockenruf erschallen, stößt sein Höllengelächter aus und stiebt in den düsteren Wald hinein.

Ich stehe immer noch und starre auf die Farben der Farne und des Laubes Lichter, sinnend, ich weiß nicht was, träumend, ich weiß nicht wovon, sehe wohl einen grauen Fleck zwischen roten Brombeerranken und hohen Halmen, denke aber nicht an Wild und Weidwerk.

Bis der graue Fleck verschwindet und wieder auftaucht im braunen Kraut, die Zweige zittern und die Büsche beben läßt und über den Lauschern weißblitzende Enden weist. Da zerfliegt das Sinnen, zerflattert der Traum, ich ziehe die Büchse von der Schulter und den Kolben an den Kopf; das Auge richtet Kimme und Korn, der Büchsenlauf senkt und hebt sich, der Schuß brüllt durch die Morgenstille, der Häher schreit, die Amsel zetert, in die rotgoldene Farbenpracht der sonnigen Rodung kriecht der blaue Pulverdampf.

In langen Streifen zieht er über die dunklen Binsen und die hellen Halme, schleicht über die braunen Farne und die roten Eichen, wirbelt um den Silberstamm der toten Tanne, flattert durch das glitzernde Astgewirr der gehauenen Fuhren und läßt die Blöße wieder flirren und flimmern in Glut und Glanz.

Über Äste und Zweige, Wurzeln und Stämme trete ich von einem Moospolster zum andern, leise und langsam nach Mörderart. Ich wecke den Bock nicht mehr; er hat den Schuß nicht vernommen; er liegt, als schliefe er, den Kopf zwischen den Läufen; rechts und links von ihm funkeln rote Korallen im dunkelgrünen Moose.

Einen Augenblick zürne ich mir selbst, einen kurzen Augenblick nur. Kurz war der Knall und schnell war sein Tod; wohl dem, dem solch Ende beschieden wird: aus der Sonne hinaus den Sprung in die Nacht hinein.

FÜÜÜR

Zwei Tage hatte ich von Brot, Speck, rohen Eiern, Wurst und kaltem Huhn gelebt. Es war ja alles da in der Jagdbude auf dem Lohberge, Kartoffeln, Mehl, Grieß, Graupen, Linsen, Kaffee, Kakao und was weiß ich noch alles, aber ehe ich mich ans Kochen begebe, esse ich lieber altes Brot und gieße die Löcher dazwischen im Magen mit Wasser aus.

Spaß macht das natürlich nicht, vorzüglich wenn man Klocke dreie in der Nacht aufsteht und bis halb sieben pürscht, und so war ich denn heilfroh, als der Jagdaufseher mir sagte, der Wirt im Nachbardorfe hätte angebimmelt, der junge Herr wäre da, und ob ich nicht mit ihm zusammen Mittag essen wollte. So schlug ich denn zehnmal mit der Faust an die Bettlade, als ich mich nach der Frühpirsch lang machte, und schlief mit ruhigem Gewissen ein, weil ich wußte, daß ich Schlag zehn aufwachen würde.

Ich wachte sogar schon eher auf, denn ich schwitzte wie ein Schweinebraten, obschon alle Fenster auf waren. Die Hitze war zu toll. Ich wusch mich von oben bis unten, schloß die Bude von außen zu, stieg auf mein Rad und fuhr los, den Mühlberg hinab, durch Engensen durch, die Straße entlang bis nach Schillerslage. Eine knappe Wegstunde nur, aber gegen steifen Nordost um die Mittagszeit bei solcher Hitze und in dickem Mülm, das gibt 'n schönen Durst. Ich stellte mein Rad auf den Flur und rief: „Frau Wirtin! Zwei Selter mit Mit, und wannehr gibt's Mittag?" Die Wirtin lachte. „Sind Se denn so ausgehungert? Um halbig eine, hat der junge Herr gesagt, wäre er hier." Halbig eine und jetzt ist's dreiviertel zwölfe. Wenn ich das man überstehe.

So ziehe ich denn den Schmachtriemen drei Löcher enger, bucke mich in das Ganzlederne, lese das Burgdorfer Kreisblatt und sehe ab und zu auf die Straße. Da prallt die Sonne nur so. Alles glüht. Und der Nordost fegt die Chaussee, daß es nur so stürmt. Große gelbe

Wolken wirbeln am Fenster her. Ich trinke meinen Himbeerkram und dampfe meine Pfeife. Himmelblau zieht der Rauch durch das Zimmer, scharf abstechend gegen den gelben Staub da draußen, so denke ich halb im Eindösen. Merkwürdig, eben mülmte es draußen gelb, und nun ist der Mülm blau. Und wie dick! Ich glaube, ich träume mit offenen Augen wie'n Krummer.

Da kommt mir plötzlich in meinem Dusel ein Gedanke. Feuer! Hut, Türgriff, raus! Dicker Rauch schlägt mir ins Gesicht, blauer, und gerade gegenüber an der Burgdorfer Straße rechts kommen hinter den grünen Bäumen aus dem blauen Rauch dicke graue Wolken, wie bei einer Lokomotive, die im Anheizen ist. Da rennt auch schon das Volk: „Füüür, Füüür, Füüür!" schreit es hier, „Feuer, Feuer!" da, und da unten im Dorfe geht es „Tuut, tuut, tuut!" Wo ich mein Rad her habe, wie ich hinaufgekommen bin, weiß ich nicht. Weiß nur, daß ich bloß ein paarmal zutrete, abspringe, das Rad an den nächsten Baum stelle und zwischen die paar Leute gehe, die vor dem brennenden Hause stehen.

Ein langer, glattrasierter Mann in braunem Manchesteranzug steht ruhig neben mir und sieht nach dem Schuppen, aus dem Qualm und Flammen kommen. Der richtige Heidjer. Regt sich nicht auf, wenn's keinen Zweck hat. Erst als eine junge Frau, der vom Laufen das blonde Haar aufgegangen ist, nicht aufhören will mit ihrem: „Uguttuguttugutt, dat schöne ni-e Hus", da wendet er den Kopf halb und sagt gelassen: „Wees' man ruhig, Kattrin, da helpt nix mehr. Un hei kann den Schaden woll bören, is ja 'n wohlhabenden Mann!"

Ich sehe mir die Sache an. Es brennt in der Ecke zwischen Schuppen und Wohnhaus. Da quillt dicker, schwarzer Qualm heraus, und lange, rote Zungen lekken aus dem gelben, stinkenden Dunst. Jetzt die Dampfspritze. Und dann den Strahl hinein, daß das Fachwerk zusammenpoltert, und Wasser auf das Wohnhaus, und das Wohnhaus bleibt stehen. Denn der Wind kommt hinter dem Hause her. Aber so ist hier nichts zu machen; das Feuer frißt gegen den Wind.

Huih, sagt es, ein böser, giftiger Laut, so niederträchtig und heimtückisch und schadenfreudig. Eine dicke, gelbe Stinkwolke platzt aus dem blaugrauen Qualm heraus, und lange rote Lohe flattert hoch. Kling, sagt es jetzt. Die Scheiben springen. Buff, und schwarzer Qualm bricht aus dem Wohnhaus. Männer laufen aus und ein, retten unnütze Sachen, der ein Schießgewehr, der ein paar Pötte, der einen Stuhl. Der lange Mann neben mir brüllt: „Seid ji den verrückt? Laat't doch brennen. Is ja all's versichert. Willt ji jück unglückl'ch maaken?" Aber die Leute hören nicht.

Vor dem brennenden Schuppen liegt ein grauer Klumpen. Ich hab' darauf nicht geachtet. Aber er bewegt sich. Jeß, ein Mensch! Er quält sich mühsam auf einen Ellbogen und starrt in die Flammen. Ein schreckliches Gesicht, aufgedunsen, schmutzig, der struppige Vollbart verklebt und verkleistert, die Hände wie Mistforken, Augen vertiert und stier, und das ein Mensch.

Eine Frau schreit: „Datt olle Swin hett't anneleegt. De Hund!" Ein junger Bursche ruft: „Smit't dat Lork in't Für, den Vagabonde. Slagt vör'n Brägen, den Supsack! Rinn mit ehm! Hei hett et emaket, dat verfluchtige Schinneaas!"

Der Mann neben mir im braunen Velvet bleibt ganz ruhig. Er geht auf den Hof, ruft einen andern Mann, sie fassen den Landstreicher an die Schultern, nicht sanft, aber auch nicht roh, ziehen ihn durch die Einfahrt und legen ihn in den Graben. Da liegt er erst eine Weile, krebst sich dann auf die Ellbogen und starrt blöde in das Feuer. Um ihn herum schrillen Schimpfworte, toben Flüche, gellen Hetzreden. Der Unglücksmensch hört nichts. Mit teilnahmslosem Tiergesicht sieht er immer in die Flammen. Einige heißblütige Leute wollen ihm an den Hals. Da kommt wieder mein Nachbar dazwischen: „Laat't dat! Dat is jue Saake nich. Bringt ehm in't Sprüttenhus!"

Mit einem Male erwacht der Fremde. Er stellt sich auf die Beine und sieht sich im Kreise um, sagt aber nichts. Und als fünfzig Fäuste um sein Gesicht sind und fünfzig Stimmen ihn anschreien, spricht er kein Wort, und sein aufgedunsenes, zerfetztes, schmutzbedecktes Gesicht, seine weitaufgerissenen Augen geben keine Antwort auf die wilden Fragen.

Ich sehe nach der Uhr. Sieben Minuten stehe ich hier, und in der Zeit ist das alles vor sich gegangen. Das Feuer hat schon den Dachstuhl gefaßt, die Schindeln klirren zu Boden, die Torverschalung knistert, glüht, loht und rasselt herunter. Und immer noch laufen Leute ein und aus und retten. Von allen Seiten schreit man: „Schorse, laat dat, de Dachstohl brennt all. O Gotte, wenn dat man gaut geiht!“ Aber es ist, als wenn sie verrückt sind.

Einen Schrei höre ich, gemischt aus vielen Stimmen, einen entsetzlichen Angstschrei, von Frauensleuten und Kindern zumeist, und auch von Mannsleuten: „Min Mann, min Mann, use Kaarl, Lüe, helpet, o Gotte, Kunrad!“ Mir wird ganz kalt trotz der Glut, die von dem brennenden Hause kommt. Es kracht und knarrt und poltert und klirrt, ein dumpfes Donnern, der Dachstuhl stürzt ein, und noch sind Leute da im Hause.

Alles rennt hin und her. Ein dumpfer Knall, und aus sieben Löchern kommen Rauchwolken, schwarze, graue, gelbe, blaue und dicke Flammen. Mein Nachbar wird zum erstenmal falsch: „Hebb eck jück dat nich eseggt! So ’ne Döllmerie! Um ’n ohlen Pott!“

Das Angstgeschrei wächst. Das Herz steht mir still. Und mit einem Male ein Lachen, irrsinnig, verrückt vor Freude, und ein Schreien und dann ein Weinen. „Hei is rut, Gott sei Low und Dank, barmherziger Vater!“

Von der Straße donnert es. Die Spritze kommt. Acht Minuten nach der Meldung. Das ist doch alle Achtung wert. Und doch lacht alles froh, daß man lachen kann nach der Angst von eben: „Hurra, sei kommt! Plaatz, Platz, use Füürwehr! Laat’t brennen, wat dat brennen will. Is ja all versichert. Und Schradersvatter kannt’ woll maken.“

Die Männer mit den braunen Uniformen, mit den roten Schnüren und den Helmen lachen auch, aber sie wissen auch, was sie zu tun haben. Gegenüber der Giebel, auf den das brennende Sparrenwerk fliegt, kriegt seinen Guß. Und dann, alle Mann tohope, kling, klang, rumms, bumms, die Scheiben klirren, die Mauern poltern zusammen, die Flammen werden kürzer, der Qualm dünner, und jetzt noch mal ein Hurra. Da kommen sie, die Männer von Utze, Burgdorf, Sorgensen, Engensen, Wettmar, herangedonnert mit ihren Spritzen, begleitet von einem Schwarm von Mannschaften zu Rad, fünfzehn Minuten nach Telefonmeldung.

Ja, zu machen ist nichts mehr; aber erst das Feuer dümpen und dann, „Kinner un Lü-e, so jung koomet wir nicht mehr tohope!“ Die Wirtsleute wissen nicht, wo sie so schnell so viel Bier herkriegen sollen. Die tolle Fahrt in dem Mülm bei der wahnen Hitze, das gibt Brand in den Hals. Alle Mann an die Spritze, hille, hille! Sind das meine stillen Heidjerbauern? Denen man mit dem Stemmeisen die Zähne aufbrechen muß, ehe sie drei Worte sagen? Heut aber. „Na denn prost! Herr Wirt, ’n Rundgang. Prost. Un nu willt wie einen singen: Ji lustigen Hannoveraner, seid ji alle toosaamen.“

Ich hab’ mitgetrunken und mitgesungen und mitgelacht, bis mein Rad an der Mauer einen Rutsch machte. „Ehlers“, sag’ ich zum Jagdaufseher, „nu ist hohe Tied. Min Rad drängt nah’n Stall!“ Da lachen sie all und sehen mich noch mal so freundlich an. „De Keerel hett Päreverstand, dat market ’n!“

Die Räder schwankten erst etwas, als sie in die blanke Sonne kamen, dann aber ging’s, den nordöstlichen Wind im Rücken, heidi bis Engensen. Aber als ich den Heimweg auf den Lohberg hinaufradelte, fand ich, daß der Fußweg mächtig schmal geworden war.

Aber absteigen brauchte ich doch nicht. Und als ich auf dem Hochsitz am Wullbach saß, blieb ich ganz ruhig, als der Bock hinter dem Schmalreh herzog. Denn erstens hatte ich die hannoversche Sabbatordnung im Kopp, und zweitens konnte ich noch sehen, daß es ein schnickerer Gabelbock war, trotzdem er mit seinen weißen Enden so prahlte, als wäre er ein ganz guter Bock.

Ich habe dann noch lange auf dem Heidbrink gesessen und den Nachtschwalben zugehört, und den Kranichen und Poggen, und so war es meist an elf Uhr, als ich wieder auf dem Lohberge bei der Bude war.

Der Nordostwind kam immer noch steif gegen den Berg, und er sang nicht schlecht, denn er hatte Hilfe. Aus Engensen, die Männer, die sangen ebenso laut wie er, und die von Wettmar auch, als sie mit ihrer Spritze nach Muttern donnerten.

Ich schlief bis Klocke viere. Geträumt habe ich nicht diese Nacht. Und als ich so bei halbig fünfe loszog, da störte meinen Pirschgang durch die Wiesen kein Mäher. Sie schliefen alle noch.

Denn es war ein heißer Tag gewesen und ein großer Brand.

AM HEIDPUMP

Anderthalb Büchsenschuß lang ist er, der einsame Pump in der Heide, und einen Schrotschuß breit. Sein Wasser ist breit und tief. Es hat keinen Grund, sagen die Bauern.

Rund um den Pump wächst hohe Heide in breiten, runden Horsten. Dazwischen ist der Boden naß und schwarz. An dem Rande des dunklen Wassers stehen Rischbülte mit harten, scharfen Blättern.

An der Morgenseite springt ein kleiner Sandbrink vor und bildet eine Landzunge. Darauf steht ein uralter, breiter Machangelbusch.

Er ist kaum so hoch wie ein Mann, der alte schwarze Busch, aber er ist das höchste Ding in der kahlen Heide, und wenn abends die untergehende Sonne rechts und links vor ihm den Pump rosenrot färbt, dann sieht er aus wie ein Zauberschloß. Vielleicht ist er auch eins. In dem Bleisande unter seinen Wurzeln habe ich oft seltsame Spuren gesehen, als wenn da winzige Entchen gewesen wären. Aber so kleine Enten gibt es nicht; nicht einmal die Kricke macht so geringe Spuren.

Kuhlemanns Schäfer meinte, die Zwerge wären das gewesen. Die hätten Entenfüße. Und sie mögen gern unter alten Machangeln wohnen in einsamen Heidbrinken, vorzüglich wenn Wasser dabei ist. Darin spiegeln sie sich, sagt er.

Früher hätte er das alles für Unsinn gehalten, wie es sich die Mädchen in den Spinnstuben erzählen, wintertags, wenn der alte Plaggenofen bullert und der Schnee gegen das Fenster schlägt.

Aber im vorigen Sommer sei er anderen Sinnes geworden über die Sache. Da sei er den Patt entlanggegangen durch die Heide. So um Johanni, bei einer wahnen Hitze, einer Hitze zum Benaudwerden. Und da habe er den Neegenmörder schreiend vor dem Machangelbusch fortfliegen sehen, und wie er hingesehen habe, wäre helles Feuer unter dem Busche gewesen.

Na, und da habe er seine alte Beiderwandjacke ausgezogen und sei schnell nach dem Busche gelaufen, um das Feuer zu dümpen, damit es nicht weiterfräße. Denn der Wind hätte von Südosten gestanden, und es hätte einen bösen Brand geben können. Als er aber meist bei dem Machangel war, da war das Feuer aus, und es war auch kein Rauch da und keine Kohle und Asche auch nicht.

Und nun glaube er, und er lasse sich da nicht von abbringen, was auch Kuhlemann sage und der Lehrer und der Doktor, das wären die Zwerge gewesen, die hätten ihr Gold gesonnt; und deswegen sei er da höllschen schnell von weggegangen, denn die kleinen Leute hätten ihre Nücken und könnten einem leicht etwas anhängen.

Als er mir das erzählte, der alte Schäfer, da machte ich ein ganz ernstes Gesicht. In mir aber lachte ich. Aber wenn ich den Patt entlangging an dem Pump, dann habe ich niemals geflötet, sondern bloß halblaut gesungen. Das muß man tun, sagte der Schäfer, das rechnen sie einem hoch an, die Unterirdischen, wenn man sich bemerkbar macht, damit sie ihre Schätze beizeiten fortbringen können.

Nur flöten darf man nicht, das können sie für den Tod nicht vertragen, seitdem sie von den großen Leuten im Dorfe damit angeführt sind.

Das ist schon hundert Jahre her, aber die Lüttjen haben ein langes Gedächtnis. Ein Jahr ist für sie, was uns ein Tag ist. Darum konnte mir im Dorfe auch kein Mensch mehr sagen, wie das gewesen sei mit den Zwergen, warum sie da weggezogen sind und weshalb sie kein Flöten leiden mögen.

Aber daß die Sache von Kuhlemanns Hof ausgegangen ist, das weiß ich. Der Pump und die Heide darum gehört Kuhlemann. Aber nie wird der Bauer oder wer seinen Namen trägt, bis auf dreihundert Schritt an den Pump gehen. Und seine Knechte wollen auch nicht gern dahin. Darum ist die Heide da auch so lang; denn keiner haut sie.

Weil es da nun so still ist und kaum einmal ein

Mensch dahin kommt, haben die wilden Tiere es dort gut. Die Jagd gehört dem Bauern, aber um den Pump jagt er nicht. Er ist nicht abergläubisch, aber der Pump und die Kuhlemanns passen nicht zusammen. Der Großvater des Bauern ist da vom Blitz totgeschlagen und ein Kuhlemannsches Kind ist vor hundert Jahren in dem Pump ertrunken. Das kann alles mit natürlichen Dingen zugegangen sein, aber genau kann man das nicht wissen, und besser ist besser.

Mir hat der Bauer auch gesagt, ich solle dort lieber wegbleiben. Aber ich bin ja kein Kuhlemann und habe mit den kleinen Leuten nichts vorgehabt. Und ich glaube auch nicht an sie.

So bin ich denn auch manches Mal an dem Pumpe gewesen. Mit dem Weidmesser habe ich das tote Holz innen aus dem Machangelbusche geschnitten, habe mir da Plaggen hingepackt und Törfe zum Sitz, und dann habe ich da gesessen zu allen Zeiten.

Ich war im Frühjahr da, wenn rundherum in der Heide die Birkhähne kullerten, die Himmelsziegen meckerten und die Kiebitze riefen vor Tau und Tag.

Im Sommer habe ich da gesessen, wenn um den Pump die Murke blühte, als wäre alles voll Schnee. Dann sangen die Dullerchen, und der Pieper schlug, daß es eine Art hatte.

Eine ganze Mondnacht habe ich in dem Machangel verbracht. Vor mir blitzte das Wasser, in der Heide krispelten die Nachtschmetterlinge, eine Ente plätscherte mit ihrer Brut am andern Ufer, und fern im Moor klagte die Eule.

Auch wintertags bin ich dagewesen, wenn alles weiß war von der Neuen und darauf deutlich verzeichnet war, was von der Forst zur Feldmark gekommen war bei Nacht, Hase und Reh und Marder und Fuchs.

Geschossen habe ich aber meinen Tag nichts an dem Heidpump. Es kam immer etwas dazwischen, oder ich traute mich nicht. Die Hähne balzten sich von dem Schirme weg, der Bock bekam Witterung, der Fuchs schnürte unter dem Winde heran, und die Enten fielen jedesmal zu weit weg ein.

Der Bauer lachte immer, wenn ich mit leerem Rucksack zurückkam, und meinte, warum ich nicht anderswohin ginge. Aber ich kann nichts dafür. Wenn ich den Pump sehe, muß ich dahin. Vielleicht ist es das Gruseln, das mich da immer hinbringt, und weil es da so menschenleer und verloren ist.

Darum mußte ich auch heute wieder dahin. Ich ging um den ganzen Pump und sah in den Ecken viel Entenfedern schwimmen. Auch der Fuchs spürte sich in dem anmoorigen Boden. Da dachte ich, ich könne wohl zum Schuß kommen.

Der Mond ist so hell und die Gardinen sind so dünn und das Bett ist so schwer, daß ich nicht einschlafen kann. Ich höre das Vieh mit den Ketten klirren, der Schimmel schlägt immer gegen die Wand, und Wasser heult den Mond an.

Wenn ich das so recht bedenke, so kommt mir das ganz natürlich vor, was ich heute an dem Pump erlebte. Aber wenn ich die Augen zumache, dann dünkt es mich doch seltsam.

Ich sitze in dem Machangel und rauche vor mich hin. Es ist recht neblig, und weit kann ich nicht sehen. Eine halbe Stunde sitze ich so und denke an dies und das. Das Gewehr habe ich gespannt neben mir liegen. Vor mir ist das Wasser ganz schwarz.

Ich wundere mich, daß keine Enten kommen. Zeit wäre es; denn es schlägt im Dorfe schon halb sechse. Da höre ich es dicht bei mir klingen und sausen, drei, vier schwarze Dinger sind vor mir über dem Pump. Ich reiße das Gewehr an die Backe und drücke einmal, zweimal, aber es blitzt nicht und es kracht nicht, und wie ich zufühle, sind beide Hähne in Ruhe.

Das Merkwürdige dabei ist, daß ich ganz genau weiß, daß ich sie gespannt habe, als ich mich ansetzte. Ich weiß es ganz bestimmt. Ich stopfte mir erst die Pfeife, spannte dann, steckte dann die Pfeife an und sah im Zündholzlicht, daß die Hähne hoch waren.

Wie ich noch darüber nachdenke, poltern die Enten fort, und drüben, genau in der Schußrichtung, ruft der Hütejunge, ich solle auf den Hof kommen. Der Förster wäre da, er wolle mich gern wegen der morgigen Drückjagd sprechen.

Hätte ich geschossen, so hätte ich den Jungen getroffen. Eine merkwürdige Sache, daß die Hähne nicht gespannt waren. Und ich weiß doch, daß ich sie übergezogen hatte.

Ich muß das Fenster aufmachen; mir ist zu heiß. Von hier aus kann ich bis an den Pump sehen; ich sehe ihn selbst nicht, aber den Wacholder als dunklen Fleck. Und bei dem Busch ist helles Feuer, grünlich glimmendes unirdisches Feuer, wie ich es noch nie sah.

Ich glaube, ich glaube, der Schäfer hat recht. Die kleinen Leute haben mich vor Unglück bewahrt.

IM WEITEN WEISSEN MOORE

Seit dem ersten Frost gab es nichts Helles mehr im Moore als die weißen Stämme der Birken und die beiden runden Weidenbüsche, deren Fruchtkätzchen die silberne Samenwolle behalten hatten im Gegensatze zu allen anderen Weidenbüschen.

Der Post hatte seine roten Blätter verloren, die Birken mußten ihr goldenes Laub fortgeben, die sauren Wiesen waren abgefroren, und so lag das Moor stumpf und tot da.

Alle seine lustigen Vögel waren verschwunden, alle die hellen Gestalten, die es im Sommer belebten. Keine weiße Weihe strich mehr über den Post, kein Kiebitz gaukelte mehr über den Wiesen, selbst das Birkwild verschwand, und die Krähen zogen fort nach der Geest. Allen war es zu kalt und zu naß im Moore.

Tagelang sang dann der Nordwestwind dort seine grämlichen Lieder; wenn die Sonne mit rotem Gesichte über die Heidberge kam, stürmte er ihr entgegen und langweilte sie so lange mit seinem öden Gesinge, bis sie ärgerlich hinter den grauen Wolken verschwand. Dann hatte der Wind wieder die Oberhand und goß Wasser über das Moor.

Da kam der Mond der Sonne zur Hilfe; er brachte den Südostwind mit; der jagte die Wolken vom Himmel und trocknete das Wasser im Moore auf, und eines Morgens war das ganze Moor silberweiß von Rauhreif, so silbern, so weiß, daß die weißen Birkenstämme und die beiden silbernen Weidenbüsche völlig verschwanden.

Aber schon mittags war der trübsinnige Wind aus Nordwesten wieder da; er wischte mit langen nassen Nebellappen den Silberreif von Baum und Busch, Heide und Halm, schnaufte im Risch, stöhnte in den Ellern wehleidig und weinerlich und verleidete den wenigen Vögeln, die in das Moor zurückgekehrt waren, die Heimat wieder. Nur der Hühnerhabicht, der

Strauchdieb, fühlte sich in der grauen Luft wohl und mordete den lustigen Häher und den zutraulichen Gimpel.

Und dann wechselte das Moor wieder sein Kleid; um den vollen Mond sammelten sich dicke, gelbe Wolken, die alle Sterne verhüllten, und um Mitternacht fielen weiche, weiße Flöckchen herunter, blieben an den Halmen hängen, an des Postes Kätzchen kleben, hafteten an dem Heidekraute, fielen auf die Fuhren, überwallten die Wacholder, umbanden die Birken, umwanden die Weiden, hüllten das ganze Moor in ein weißes Kleid.

Mit der Sonne kam ich über die Geest; blau lief mein Schatten vor mir her auf dem Fahrwege durch die Heide, auf dem Knüppeldamm durch das Holz. Gestern war alles grau und braun und fahl und düster und trübe und still und tot, heute ist die Welt hell und heiter und laut und lustig: In den verschneiten Fuhren schwatzt der Häher, in den jungen Birken lockt der Gimpel, in den Fichten lärmen die Meisen, und der klare Bach am Wege, der gestern so schläfrig floß, sprudelt munter durch die moosigen Irrblöcke, die die Brücke über ihn bilden.

Das ist ein wunderschöner Platz; zwei hohe alte Fichten, regelmäßig gewachsen und über und über mit roten Zapfen behängt, halten dort Wacht; um ihre Wurzeln kauern sich gespenstige Wacholder, spreizen sich unheimliche Stechpalmen, leuchtend von feuerroten Beeren; und der Spindelbaum neben ihnen ist über und über mit rosenroten Kapselchen behängt, aus denen die gelben Samenkörner hervorleuchten.

Hier hat die Heide ein Ende, hier hört der Wald auf, und hier ist die Grenze zwischen dem bunten Leben und dem weißen Tod. Meisenflüge schnurren durch die verschneiten Fichten; braune, graue, bläuliche Federbällchen, gelbbäuchig, weißbackig, langgeschwänzt und spitzgehäubt, kobolzen durch die Äste, hängen sich an die Zweige, daß der Schnee pulvert und rieselt; ein Buntspecht klopft an einen Tannenzapfen, eine Eichkatze wirft große Schneebälle herab, eine wilde Taube klappert fort, Goldammern zirpen über den verschneiten Knüppeldamm, Häher lärmen in der Fuhrendikkung, ein Zaunkönig krispelt in dem gelben Adlerfarn herum; ein Dutzend Gimpelhähne fallen flötend in den Birken ein, ihre roten Brüste schimmern in den Zweigen wie märchenhafte Blumen, mit scharfem Schrei fährt der Eisvogel den Bach entlang, ein Blitz aus leuchtendem Blau und funkelndem Grün.

Keines von all den bunten, lauten, lustigen Wesen geht mit mir in das Moor, das weiß, kalt und tot vor mir liegt, endlos und ohne Grenzen. Ein neues, unentdecktes Land ist es heute; keines Menschen Fußspur hat seine Schneedecke gefurcht; auch Reh und Hase, Otter und Fuchs, Marder und Iltis haben hier keine Zeichen hinterlassen; der erste Schnee ängstigte sie, und verschüchtert blieben sie in ihren Löchern und Lagern. Jetzt, nachdem die Sonne auf dem Moore liegt und es mit schwachen blauen Schatten und gelblichen und rosigen Tönen färbt, regt sich schüchtern ein wenig Leben.

Eine Krähe quarrt über die Einöde, zwei Birkhähne sausen über die Wüste, drei Enten klingeln der Aller zu; hier und da treten die Rehe aus den braunen Postbrüchen, aus den dunklen Ellernrieden, aus den gelben Rohrdickichten, verbeißen die braunen Blütenknospen, scharren den Schnee von den Grabenrändern und suchen ein grünes Blatt, ein frisches Kraut. Riesengroß und dunkel heben sie sich von der Schneefläche ab.

Hier vorn im Moor, unter dem Holze, hat die Sonne noch etwas Kraft; selbst in die Ruhe des ersten Wintertages bringt sie Bewegung. Es tropft von den Ästen, fällt von den Zweigen, stäubt aus den Kronen und rieselt aus den Nadeln. In der kleinen Bachbucht sind die schwarzen Wasserläufer lebendig, die blanken Taumelkäfer, blitzen und die Ellritzen schießen jäh zwischen dem schwarzen Kraut hin und her über den hellen Kiesgrund.

Hinter der Ellernriede aber, die den Bach umsäumt, hört alles Leben, alle Bewegung auf; je weiter ich in den weißen Schnee hineinwate, je tiefer ich in das Moor komme, desto fremder, unbekannter und rätselhafter wird es mir. Ich kenne jeden Weg und jeden Steg hier, jeden Graben und jeden Pfahl, jeden Busch und jeden Baum, aber in seiner Schneevermummung sieht jedes Ding heute anders aus.

Aus den dunklen Schirmfuhren sind weiße Riesenpilze geworden, die mürrischen Wacholdermännchen haben weiße Hemden angezogen, die braunen Gräben füllt ein grauweißer Brei, die einsamen Viehställe sind ganz untergetaucht unter ihrer Schneebekleidung, und das weite braune Postmoor ist versunken in der weißen Decke und verschmilzt an seinen Rändern ganz und gar mit der grauweißen Luft.

Mit lautlosen Schritten geht die Stille durch das Moor; kein Vogellaut ertönt. Der Angstschrei der Bekassine, die ich aufjagte, verweht im Nu, des Neuntöters Warnruf verschwindet in der Lautlosigkeit, des fernen Dampfers dunkles Geheul scheint nur ein Wahn zu sein, und das verstohlene Gemurmel des Ellernbaches ist nach drei Schritten vergessen. Weiße Stille, stumme Weite, unendliche Lautlosigkeit, regungslose Ruhe ist rund um mich her, vor mir, hinter mir, über mir, unter mir und zu meinen Seiten.

Die Sohlen der langen Krempstiefel drücken lautlos den Schnee nieder; streift der Kolben der Büchse einen Busch, so fällt der Schnee lautlos herab, lautlos trabt der Hund hinter mir her, lautlos huscht ein weißes Wiesel in den Weidenhorst, lautlos ziehen die Rehe über die Wiesen, lautlos flattert eine Rohrammer von Busch zu Busch vor mir her.

Jeden Laut hat die weite Stille aufgesaugt, jede Farbe ist darin untergegangen; es gibt nur blendende Farblosigkeit und dunkle Flecken, die sie noch mehr entfärben; die blauen Schatten der Fuhren, die gelblichen und rosigen Lichter in der Ferne sind zu zart, um Farbe in die Farblosigkeit zu bringen, und je weiter ich wandere, um so stärker wird das Gefühl in mir, als wäre ich blind und taub und stumm, ah wäre ich selber nur ein Schatten, und ab und zu bleibe ich stehen, sehe zurück und überzeuge mich, daß meine Schritte Spuren hinterlassen.

Und weiter und weiter geht es, an todeinsamen Birkenwäldchen vorbei, in denen nicht eine Meise lockt, vorüber an tiefverschneiten Fichtenhorsten, in denen kein einziges Goldhähnchen piept, auf engen Stegen durch die schneebeschwerten Postdickichte, in denen keine Spur munteren Lebens sich zeigt, über die weißbedeckten Wiesen, deren Eintönigkeit keines Strauches hellblauer Schatten unterbricht, an dem Moorgraben entlang, dessen langsames Wasser nicht das leiseste Geräusch macht, an gelbem Rohr, dessen starre Blätter keinen Flüsterton wagen.

Weit, weit weg hallt ein Schuß; häßlich klingt er mir. Ich bin ja hier im Moor, um zu jagen, und die Tage vorher habe ich mich niemals besonnen und schnell den Finger krumm gemacht.

Heute möchte ich das nicht. Vor mir stehen die Rehe; leicht wäre es mir, mich an sie heranzupirschen, der Wind ist gut, die Ellern lassen mich unsichtbar sein, und der Schnee macht meine Füße lautlos.

Aber ich mag nicht schießen; ich scheue den Donner des Schusses in dieser weißen Stille, des Hundes giftigen Hals bei der Hetze in diesem geheimnisvollen Frieden, und die hellroten Flecken auf der keuschen Reinheit in diesem weiten weißen Moore.

DIE ROTE BEEKE

Die Morgensonne wirft Rosen und Gold in die Heide, legt Kupferglanz auf die Fuhrenstämme und Maiengrün auf die Machangelbüsche.

Von dem Beekhofe kommt ein junger Mann; langsam steigt er den Heidberg hinauf; seine braune Rechte hält das lange Beil.

Auf dem Kamme des Anberges macht er halt und sieht sich um, auf das Eisen des Beiles gestützt, über die Bachwiesen tanzten noch die Nebelfrauen, er muß warten.

Er sieht nach der Sonne und nach den Raben, die vor ihr herziehen; sehr viele Raben fliegen heute und alle haben denselben Weg, und über ihnen rudern Adler.

Der Jungkerl hält den Kopf schief und horcht auf das dumpfe Bullern, das über die Heide kommt. Hinter ihm warnt der Neuntöter. Der Mann dreht sich um; da kommt ein Mensch über die Heide.

Lang und dünn ist er, und seine roten Haare leuchten in der Sonne; auf dem Rücken hat er einen Fellsack und auf der rechten Schulter den Ledermantel. Er ruft wie der Rabe, heult wie der Uhu, schreit wie der Habicht, kreischt wie der Häher, trillert wie der Schwarzspecht und flötet wie der Regenpfeifer.

Der junge Bauer lacht; er kennt den Wandersmann: Renke ist es, der Spielmann, der Liedersänger, Geschichtenerzähler, Viehbesprecher, der heimatlose Allerweltsfreund.

„Schönen Morgen auch, Beekmanns Sohn“, ruft der Fremde laut; „bleibe oben, mein Lür, und schone deine Beine; deine Wolfsfallen habe ich schon nachgesehen; drei waren darin, sind es noch; ich schlug sie tot. Und wie geht es, und wie steht es? Was macht Vater und Mutter und Hille vom Brinkhof?“

Lachend schlägt Lür in die langfingerige, braune, goldhaarige Hand. „Sollst bedankt sein, Renke, ist alles wohl, bei uns und bei Brinkmanns. Das wird Wetter! Die

Moorhühner spielen. Wir haben noch Grumt da unten; den wollen wir einholen; dazu spielst du uns auf und bleibst dann bei uns."

Renkes Schelmengesicht wird ernst. „Kein Heuwetter von Tage, Lür, Schlachtefestwetter. Und das sind nicht die Moorhähne, Junge, und das ist kein Minnespiel, Sohn, und das ist Mord und Tod, Kind.

Und zum Heuraffen kann ich auch nicht aufspielen. Laßt das Heu liegen, wo es liegt; es liegt da gut; jagt die Gäule in die Heide, treibt das Vieh in das Bruch, und verkriecht euch in Rohr und Risch, daß der Franke euch nicht findet! Das wird Wetter heute, ja, ja; die Moorhühner spielen, die Raben fliegen, die Adler ziehen nach Westen. Fiedeln soll ich, Renke soll fiedeln, zum Tanz aufspielen bei der großen Fähre, den Köpfen aufspielen, die im Sande tanzen werden.

Ist das die Sonne da, das rote Ding, oder ist es ein abgehackter Hals? Ist das Heide, die vielen roten Flecken da, oder ist das Blut? Junge, ich sage dir, nimm deine Beine und lauf: Karl ist bei der Fähre und hält Gericht über tausend Mann und abermals tausend Mann, und noch einmal soviel und über die Hälfte von tausend.

Junge, ich sage dir, die Beeke bei eurem Hofe, die wird drei Tage rot fließen, und alle Fische werden abstehen, die in ihr sind, und kein Vieh wird aus ihr saufen und die Frösche werden auf das Land kommen.

Lauf, Junge, und laß dich drei Tage nicht sehen, und schicke den Meldeknüppel nach dem Brinkhofe. Ich muß weiter; bei der Fähre braucht man Renke, den Spielmann, Renke, den Sänger, Renke, den Narren, damit außer der Sonne noch einer lacht. Pfui, daß du lachst!"

Er sieht nach der Sonne und spukt nach ihr hin. Lür läuft den gelben Pfad hinab. Der Spielmann geht schnellen Schrittes mit krummen Knien in die Heide hinein, sein rotes Haar leuchtet in der Sonne, und sein Gesicht ist blaß und hart.

Er, der jeden Vogel bei Namen kennt, der eines jeden Ruf und Stimme nachmachen kann, der sich mit Adler und Eule, Rabe und Reiher zu unterhalten pflegt, er hört heute nicht der Heidlerche Locken, nicht der Drosseln Wanderschrei; das Kinn auf der Brust, trottet er durch Sand und Moor, Heide und Wald.

Immer, ehe er an einen Hof kommt, verzieht er zum Lachen sein Gesicht, bringt Lustigkeit in seine Augen, Frohsinn in seine Schritte, und wenn er ein Menschenkind erblickt, dann macht er erst seine Witze. Und dann warnt er, wenn er sieht, daß kein fremdes Gesicht auf dem Hof ist, kein Händler, kein Späher, kein Frankenknecht.

Denn die Zeiten sind schlecht und die Tage sind schlimm; der Wolf auf der Heide hat es besser als der Bauer; Galgenholz ist billig im Lande, und Stränge wachsen an jedem Bache; Treue steht gering im Preis, und Verrat wird gut gelohnt.

Eine Stunde vor der großen Fähre macht er im Quellbusche Rast; essen muß der Mensch, und wenn er Eis auf dem Herzen hat und Feuer im Hirn. Langsam schneidet er Brot und Speck, langsam kaut er, langsam trinkt er aus dem Lederbecher, aber seine Augen sind weit weg, seine großen hellblauen Augen.

Er wischt das Messer im Moose ab und schnürt den Fellsack zu. Da horcht er auf und lauscht nach dem Wege hin. Wieherte da ein Pferd, rief da ein Mensch? Wie ein Luchs duckt sich der Goldkopf, wie eine Adder springt er hoch. Drei runde Steine rafft er aus dem Sande, Mantel, Schuhe, Fellsack und Kappe gräbt er unter das Moos, prüft mit nassem Finger den Windgang, sieht sich spähend um, schleicht in den Busch, watet den Quellbach hinauf und drückt sich in das Moos.

Da kommen sie: an der Spitze reiten drei Mann, es folgt ein fränkischer Ritter, dann stolpern zwanzig Bauern daher, an einen Strick gebunden, barhäuptig, Striemen auf den bloßen Rücken, Schweiß in den blonden Haaren, Blut auf den blassen Lippen, und hinterher reiten wieder drei Mann, und bei ihnen hecheln sechs Bluthunde.

An dem Quellbache macht die Rotte halt; die Reiter springen ab, tränken die Pferde, kühlen sich die Stirnen und trinken. Die zwanzig blassen Bauern stieren nach dem Wasser; sie sind halbverdurstet vor Todesangst. Der Ritter lacht: „Wasser für euch? Kriegt heute noch genug zu trinken, ihr Lümmel; fort da!“ Und er steigt wieder auf. Die Eisenklappe hält er in der Hand.

Renke im Busch beißt sich die Lippen weiß, und seine Eckzähne leuchten. Alle läßt er sie aufsitzen, dann legt er den Stein in den Riemen, doppelt den Riemen, läßt ihn um den Kopf sausen, sieht mit weitaufgerissenen Augen und offenem Munde starr nach der weißen Stirn des braunen Ritters, macht mit der Faust einen Ruck, lacht leise pfeifend im Halse, springt in den Bach, aus dem Bach in die Eiche, und da hängt er und lacht und lacht in sich hinein.

Der Trupp auf dem Wege wimmelt hin und her, wie Ameisen unter eines Menschen Tritten. Was ist das? Was war das? Hast du es gesehen? Habt ihr es gemerkt? Traf der Schlag den Herrn? Es ist Blut an seiner Stirn! Und der Schädel ist auf! Ein Schlag, das ungewohnte schwere Honigbier! Und das Blut? Er stürzte auf einen Stein. Da liegt der Stein. Rot ist er. Sie binden den Ritter auf sein Roß und reiten weiter. Rief da nicht eine Eule im Busch? Eine Eule am Tage? Die Franken zukken zusammen. Die gebundenen Bauern stoßen sich vorsichtig an. So ruft nur eine Eule, die rote Federn hat, die fiedeln und singen und Witze machen kann, gute Witze und schlechte Witze, blutige Witze. Sie lachen in sich hinein, die zwei mal zehn. Und wenn wir heute auch sterben, noch im Tode soll uns Renkes Witz freuen.

Der sitzt in der Eiche und lacht nicht mehr. Er schnattert vor Wut mit den Zähnen und murmelt vor sich hin: „Einer, bloß einer. Und zwanzig, die ich kannte, zwanzig, an deren Tisch ich saß, in deren Heu ich schlief, deren Brot ich aß, deren Hände ich drückte. Brüder, meine Brüder, ich sehe euch nicht mehr.“ An der rauhen Borke der Eiche laufen seine Tränen entlang.

Renke, wo hast du die Tränen gelassen, Renke, wo hast du das Lachen her? Ist dein Herz wie der Wind vor dem Regen, bald so, bald so? Hat die Wut deinen

Geist gestört? Sitzest da zwischen Frankenknechten und rheinischen Dirnen, trinkst ihren Wein und ißt ihr Brot und singst ihnen Lieder.

Singst Lieder, wo die Luft voller Todesschweiß ist, lachst, wo die Raben auf allen Bäumen hocken, scherzest, wo die Adler über die Fähre kreisen? Aber warum sollst du nicht lachen, lacht die Sonne doch auch, und die blühende Heide, und das blitzende Wasser.

Denn es ist ja so schön hier an der Fähre und so bunt. Der Hochsitz für den König ist mit Purpur gedeckt, mit Scharlach bespannt und mit Gold besponnen, der Wind schwenkt tausend bunte Fahnen, aus Tausenden von Schilden blitzen Funken, die Luft ist voll von Rossegewieher und erfüllt von Hundegebell, und der weiße Altweibersommer zieht lustig dahin.

Gib acht, Renke, der König kommt! Dreißig Mohren blasen die goldenen Hörner, dreißig Mohren schlagen die goldenen Pauken. Siehst du die Kamele mit den purpurnen Zelten, aus denen des Königs Kebsen lachen? Die Knaben mit den geschminkten Gesichtern, die Zwerge, Riesen, Narren, Gelehrten, Priester, Ritter? Die Händler aus Italia, die Gaukler aus Roma, die gallischen Metzen? Die Menschenschlächter, die in Ketten gehen, Diebe, Mörder, Eidbrecher, feile Knechte?

Siehst du den König? Der fette Mann ist es, der in der purpurnen Sänfte, der mit dem blassen dicken Gesicht, der ohne Art, der, den die sechs Mohren tragen, den die zwei Mohren mit Wedeln aus Pagelunenfedern fächeln, vor dem sich alle Köpfe neigen, dem jeder Mund zuruft. Schrei mit, Renke, so laut du kannst! Die Dirne an deiner Linken, der Knecht an deiner Rechten, sie spähen dich aus. Schreist du nicht mit, dann ist dein Kopf kein Hühnerei wert.

Und Renke schreit, schreit so laut wie keiner um ihn. „Heil! Heil!" schreit er und schwenkt die Kappe und starrt nach dem König; sein Mund lacht, lacht, wie er nur lachen kann, wie er lacht, wenn Renke auf der Diele eines Heidhofes steht und das junge Volk beim Scheine der Kienspäne nach seiner Fiedel tanzt.

Vor dem purpurnen, scharlachbespannten, goldgezierten Hochsitz knien die sechs schwarzen Träger nieder, und aus der purpurnen, scharlachbespannten, goldverzierten Sänfte steigt mühsam, von hohen Herren gestützt, stöhnend und seufzend der König; Südlands Wein und Südlands Weiber machten seine Glieder lahm. Seine Augen blicken stier, seine Lippen sind schmal, er hat die Nacht schlimm geträumt und der Schlaftrunk bekam ihm schlecht; er ist blaß und unter seinen Augen sind blaue Löcher.

Um ihm herum lächeln alle Lippen und zittern alle Herzen. Der König hat üble Laune; da sitzen die Köpfe lose, und nicht nur die viertausendfünfhundert blonden Köpfe der Bauern und Hirten, Jäger und Fischer, Köhler und Flößer, die in Trupps von je hundert Mann hinter einem dreifachen Zaun von Lanzen und Spießen gefesselt und geknebelt dem Tode entgegensehen.

Auf dem purpurnen, scharlachüberspannten, goldumsponnenen Hochsitze hinter dem blaublitzenden Wall geharnischter Speerträger taucht der König auf. Sein weißes, rotgesäumtes, goldgesticktes Kleid schimmert in der Sonne. Rechts und links von ihm kauern seine Kebse, die blonde Lombardin und die schwarze Provenzalin, auf bunten Kissen, und im Kreise um den Königsstuhl stehen die Großen: Herzöge, Geheimschreiber, Marschälle, Priester. Zur Seite steht in grünem Gewand der maurische Arzt und sieht unverwandt den König an; ein schwarzer Junge neben ihm hält einen Standkasten mit Arzneibüchsen.

Zwei Trommeln ertönen, zwei Hörner erschallen; lautlose Stille liegt über den Tausenden von Menschen, die rundumher auf den Sandbergen stehen.

Ein Mann in langem, schwarzem, goldgesticktem Rocke tritt vor den König, verbeugt sich tief und nimmt mit den weißen Händen den breiten, langen Schweinslederstreifen entgegen, an dem blutrot des Königs Siegel pendelt. Zwei Trommeln ertönen, zwei Hörner erschallen, dreimal und dreimal und noch dreimal. Der Mann im schwarzen, goldgestickten Rock tritt an den Rand des Hochsitzes und liest laut das Schriftstück. Aus der Menge kommt kein lauter Atemzug.

Höfisch ist das Wesen des Schwarzrockes, und gut setzt er seine Worte, aber das, was er spricht, ist Blut und Tod, das Blut von viertausendfünfhundert Getreuen, der Tod von viertausendfünfhundert Gerechten, die ihre Hälse lieber dem Beile beugen, denn fränkischem Recht und fremder Art. Sie schlugen am Süntel das Frankenheer, hängten Karls Verwalter an die Weidenbäume, opferten die Priester bei den großen Steinen, setzten den roten Hahn auf die Zinshäuser, machten die Bethäuser dem Erdboden gleich und warfen die Rolande in die Dorfteiche; freie Männer wollten sie sein im freien Lande.

Freie Männer werden sie sein im freien Land, in dem Lande, wo es nicht Herr noch Knecht, nicht Recht und Gesetz, nicht Treue noch Verrat gibt. Ihre Köpfe werden in den Sand rollen, und ihr Blut wird in den Graben laufen, der sich zwischen gelben Sandwällen nach der Beeke hinzieht. Viertausendfünfhundert Witwen und Bräute weinen heute im Lande, und alle Adler und Raben, alle Wölfe und Füchse werden bersten vor reichlichem Fraße.

Renke, wenn du jetzt den Riemen aus dem Busen holtest und den runden Stein aus der Tasche und schwängest den Riemen, mit aufgerissenen Augen und offenem Munde nach der weißen Stirn unter der goldenen Krone starrend, und gäbest deiner Faust einen Ruck, und der Stein zerschlüge den Schädel des Frankenkönigs, daß sein Hirn in die Gesichter der Großen spritzte und sein Blut auf das purpurne Tuch liefe, Renke, dann hättest du nicht umsonst gelebt.

Von der Emse bis zur Elbe würde ein Schrei erschallen, würde in allen Bergen und Wäldern, in allen Heiden und Marschen, in allen Brüchen und Mooren erklingen, unter allen Strohdächern würden die langen Beile geschliffen, aus allen Weidenruten Stränge gedreht, von allen Fuhren das Harz gekratzt, aus allen Rohrhalmen Fackeln gebunden, aus jedem Haselschoß ein Pfeil geschnitzt, aus jedem Zopfe eine Sehne geflochten.

Die Hillebillen würden klingen den ganzen Tag über,

und die Wildochsenhörner würden heulen von früh bis spät, und von der Ulenflucht bis zum Hahnenschrei würden die roten Feuer auf allen Bergen und Hügeln zucken. Alle Engpässe und Hohlwege würden sich mit Steinblöcken füllen und mit Stämmen und Ästen, auf allen Wegen wären Wolfsgruben mit scharfen Stangen am Grunde, alle Wehre ständen offen und alle Wässer liefen in die Gründe, aus allen Höfen, aus allen Brüchen, aus allen Wäldern strömten die Männer und Jungkerle zusammen, Bluthunger im Blick.

Und Weking, der verschollene Herzog, würde dasein und die Haufen um sich sammeln, die von der Emse und von der Lippe, von der Aller und von der Weser kommen, und kein Franke würde leben bleiben im Lande; alle müßten sie unter die Erde. Die Adler und die Raben sollten platzen und die Wölfe und Füchse bersten vor Wohlleben, und auf den Ästen der Eichen bei den großen Steinen würden die Köpfe der hohen Herren von den bunten Meisen zerhackt.

Hole den Riemen hervor, Renke, und den Stein, und dränge dich durch. Es ist Zeit. Der schwarze Mann hat zu Ende gesprochen. Der König bricht den weißen Stock. Viertausendfünfhundert blonde Köpfe sind fällig. Viertausendfünfhundert Hälse sind in Gefahr. Viertausendfünfhundert Männerherzen stehen still. Neuntausend blaue Augen brechen.

Aber du bist festgekeilt in der Menge, Renke. Und tausend gepanzerte Speerknechte stehen vor dir, und tausend gepanzerte Reiter haben zur Rechten und Linken Aufstellung genommen, und überall sind Späher und Verräter, und vierhundertfünfzig nackte, rotgeschürzte Henker stehen in einer Reihe vor den vierhundertfünfzig weißen Eichblöcken unter dem Hochsitze des Königs.

Renkes Augen werden ganz groß, in seinen Backen ist kein Blut, seine Lippen sind blau, seine Finger werden weiß und kalt. Zwischen den Mauern der blitzenden Speerknechte und der blinkenden Reiter kriecht von rechts und links eine Schlange heran, mit dunklen Seiten und weißem Rücken. Die dunklen Streifen sind

Kriegsvolk und der weiße Strich sind die nackten Körper der todgeweihten Männer.

Renkes Augen werden noch größer, und sein Herz steht still. Dann macht es einen wilden Sprung, und der Atem in seinem Halse pfeift dünn und scharf. Die vierhundertfünfzig weißen Eichblöcke sind doppelt so groß geworden und über jedem blitzt ein silberner Schein. Zwei Trommeln ertönen, zwei Hörner erschallen, ein scharfer Ruf erklingt, vierhundertfünfzig Blitze zucken auf die vierhundertfünfzig Eichblöcke hernieder. Hundert Trommeln dröhnen, hundert Hörner brüllen, ein tausendfaches Keuchen kommt von den menschenbesetzten rosenroten Heidhügeln ringsumher.

Noch neun Male ertönen die Trommeln, erschallen die Hörner, noch neun Male kriechen die beiden schwarzen, weißrückigen Schlangen zwischen den blitzenden, blinkenden Mauern der geharnischten Speerträger und Reiter unter dem purpurnen Hochsitze her, noch neun Male keucht und stöhnt es von den rosenroten Heidhügeln, noch neunmal fahren die vierhundertfünfzig silbernen Blitze auf die Eichenblöcke, aber die sind nicht mehr weiß und rein, sie sind rot und schmierig.

Hinter dem hohen Heidberge kommt eine schwarze Wolke herauf und stellt sich vor die Sonne. Der Wind geht kalt. Rundumher heulen in der Heide die Wölfe. Der purpurne Hochsitz ist leer, die blanken Speerträger und die blitzenden Reiter sind verschwunden. Der Abend fällt grau auf die Erde; vor den Zelten zucken die Feuer. Wandernde Kiebitze und ziehende Brachvögel rufen und pfeifen jämmerlich.

Am Ufer der Beeke sitzt der Fiedler und sieht in das Wasser. Das ist rot und dick und riecht schrecklich, und die Fische stecken die Köpfe heraus und schnappen nach Luft. Stumm und steif hockt der Spielmann an dem Machangelbusche die ganze Nacht, in seine Augen kommt kein Schlaf. Er hört den Uhu rufen und den Fuchs bellen, die Wölfe heulen und die Marder kreischen, und er sitzt da und sieht die Zukunft, und die Rache, die sie bringt.

Die Heidlerche lockt, die Wanderdrosseln streichen, Renke steht auf, schüttelt sich und trottet eilig mit krummen Knien die rote Beeke entlang über Heide und Moor, durch Bruch und Wald. Mit dem Rufe des Totenvogels weckt er den Schnuckenschäfer; der Schäfer sieht den fremden Mann unsicher an. Ist das Renke, der Goldkopf? Sein Haar ist silberweiß. Ist das Renke, der Spaßmacher? Sein Lachen ist zerbrochen. Ist das Renke, der Sänger? Seine Stimme ist zersplittert.

Renke der Rächer ist es. Hohl flüsternd bringt er von Hof zu Hof, von Dorf zu Dorf, von Gau zu Gau die Kunde von dem grausen Schlachten bei der großen Fähre. Er ißt hastig einen Bissen, trinkt gierig einen Schluck, wirft sich eine Stunde auf das Stroh, springt wieder auf und wandert mit krummen Knien weiter, von der Weser nach der Emse, aus der Heide in die Berge, von den Bergen in das Moor, vom Moore in die Marsch, von der Marsch auf die Geest.

Renke ist der Überall und der Nirgendwo, der Ebenda und der Nunschondort, der lebendige Racheruf, der hastende Wutschrei, das eilende Hetzwort. Wo sein weißer Kopf auftaucht, werden die Augen groß und die Lippen blaß, ballen sich die Fäuste und krallen sich die Finger; wo seine hohle Stimme flüstert, schärfen sich die Beile, spitzen sich die Speere, werden die langen Messer blänker.

Und so wie Renke rennen viele hundert Männer von Hof zu Hof, von Dorf zu Dorf, von Gau zu Gau, Spielleute, Geschichtenerzähler, Sänger, Gaukler, Viehbesprecher, Wolfsjäger, Lachsfischer, Imker und Flößer, alles Männer aus dem Sturmigau, die bei der großen Fähre waren an dem Tage, da das Wasser der Beeke rot floß, weil König Karl es gebot.

Der denkt, es ist Ruhe im Lande. Aber er vergißt Weking und das Lied, das unter jedem Strohdache gesummt wird, das Lied vom aisken Schlächter und von der roten Beeke.

MEIN BUNTES BUCH

DER WALDRAND

Die Sonne bescheint freundlich den Waldrand.

Gestern schien sie heller als heute; dennoch ist die Haubenlerche viel fleißiger. Unaufhörlich läßt sie ihren Lockruf ertönen, und nun fliegt sie sogar auf einen Erdhaufen und singt ihr kleines Lied.

Die Luft ist weich und schmeckt nach warmem Regen. Ein weißer Hauch liegt über dem Felde und nimmt der Sonne Schein und Farbe. Aus den umgestürzten Schollen steigt ein starker Geruch, und alle Zweige und Stämme sehen aus, als dufteten sie nach dem neuen Leben, das in ihnen empordrängt.

Die üppigen Rasen der Vogelmiere auf dem Brachakker hatten jüngst, als der Wind scharf von Morgen kam und der Boden beinhart gefroren war, nicht weniger weiße Blütenstreifen als heute, und das Kreuzkraut ebenso viele goldene Knöpfchen, auch blühten die Maßliebchen gleichfalls am Raine. Damals wirkte das widersinnig, heute aber nicht.

Auf dem Brombeerbusche am Grabenrande sitzt der Goldammerhahn und versucht, sein Lied zusammenzubringen; gestern, als die Sonne hell vom hohen Himmel schien, dachte er nicht daran. Auch die Kohlmeise besinnt sich auf ihre Frühlingsweise; da sie aber damit nicht fertig wird, so lockt sie wenigstens dreimal so zärtlich als am gestrigen Tage. Süß und seltsam hört sich das an.

Der Haselbusch am Graben ist gänzlich aufgeblüht; zwischen den goldenen Troddeln glühen purpurne Sternchen. Die Eller ist ihm sogar schon voraus; der Weg ist mit braunen Kätzchen besät. Die silbernen Knospen an den Weiden recken und strecken sich und die der Espen quellen und schwellen. Aus dem Vorjahrslaube drängt sich das junge Gras, überholt von den fetten Blättern des Aronstabes, die Schafwurz verhüllt den kahlen Boden, und lustig wuchert das zierliche Grün des Ruprechtskrautes.

Die Sonne kommt noch einmal am dunstigen Himmel hervor. Überall spielen die Wintermücken, daß es lustig blitzt, und hier und da surrt eine Fliege vorüber. In der alten Samenbuche sitzt eine Krähe und quarrt und schnarrt auf ganz absonderliche Art; das ist ihr Liebeslied. Aus den Fichten kommt ein wunderliches Quietschen und Schnalzen; der Häher gibt seinen zärtlichen Gefühlen Ausdruck. Da hinten auf der grasgrünen Saat maulschellen sich zwei Hasen um die Häsin. Der Frühling kommt.

Ist es auch wahr? Ist es nicht nur ein bloßes Gerücht, eine falsche Verheißung? Zwar wippt da schon ein Bergbachstelzenpaar an dem Graben entlang, hier wühlt ein Maulwurf das knisternde Fallaub auf, sieben Starmätze pfeifen auf dem Hornzacken der Eiche, im Graben plätschert zwitschernd und quitschernd ein Spitzmauspaar umher, fauchend und schnalzend jagt ein Eichkater die Liebste von Ast zu Ast, und ein Goldhähnchen singt schon so gut, wie es das besser nie können wird.

Aber da hinter dem fernen Walde im kalten Moore liegt der Nordostwind und schläft. Vielleicht wacht er über Nacht wieder auf und zu Ende ist es mit Lied und Liebe. Statt der Wintermücken spielen die Schneeflokken, Star und Bachstelze flüchten von dannen, die bunten Bergfinken, die der weiche Wind nach Norden lockte, werden verschwinden, und Amsel, Meise und Goldhähnchen vergessen ihre halbgelernten Lieder wieder. Die Blümchen auf der Brache und die Kätzchen an den Bäumen werden wirken wie unangebrachte Witze.

Die Sonne ist fortgegangen; dichter und unsichtiger wird die Luft. Um so mehr aber leuchten die halbaufgesprungenen Knospen an den grauen Zweigen des Dornbusches und an den schwarzen Ästen der Traubenkirsche hinter dem Grabenbord und im Unterholze des Geißblatts kecke junge Blätter. Ein sachtes Rieseln kommt herunter, unhörbar und leicht. Fröhlich schmettert der Zaunkönig sein Liedchen, lustig trillert die Meise, und selbst der schüchterne Baumläufer erhebt sein dünnes Stimmchen lauter als zuvor.

Der Regen nimmt zu, die Dämmerung geht leise am Waldrande entlang. Da trommelt ein Specht auf einmal los, daß es weithin dröhnt; das ist das Zeichen für alles, was Schnäbel hat. Mit einem Schlage bricht ein vieltöniges Zwitschern und Flöten los, so wirr, so kraus, daß keine einzelne Stimme sich daraus hervorhebt. Ein Viertelstündchen hält es an; dann bleibt davon nur das Gestümper der Amsel übrig und des Rotkehlchens erst halbgelerntes Lied. Auch das verlischt im leisen Regengeriesel, und der ihrem Schlafwalde zuziehenden Krähen rauhes Geplärre gibt dem weichen Tage einen harten Abschluß.

Dunkel wird es im Walde. Keine neue Knospe im Gezweig, nicht ein frisches Blatt am Boden ist mehr zu sehen. Leblos stehen die Stämme da und recken kahle Wipfel in die Luft. Doch immer noch will das Leben, das dieser Tag erweckte, sich nicht zur Ruhe begeben. Vom Felde her schrillt des Rebhahnes herrischer Ruf, und von der Mergelgrube kommt das breite Geschnatter eines arg verliebten Erpels. Wie winzige Gespenster taumeln bleiche Wintermotten auf der Weibchensuche um die Buchen, zwei Fledermäuse zickzacken am Graben auf und ab, und im Gebüsch schnauft ein Igel aufgeregt hinter der Auserwählten her.

Die Nacht kommt näher; tiefer wird der Himmel. Kein einziger Stern steht an ihm. Die letzte Krähe hastet, verlassen schreiend, über die Wipfel hin. Dichter fällt der Regen; lauter tröpfelt er in das tote Laub. Dumpf unkt in den Fichten die Ohreule; hohl heult in den Kiefern der Kauz los.

Zu Ende ist der milde Tag, an dem der Vorfrühling am Waldrande spuken ging.

DAS GENIST

Vorgestern sah der Bach rein und klar aus und rann bescheiden zwischen seinen Ufern dahin.

In der Nacht gingen gewaltige Regengüsse in den Bergen nieder, und gestern früh war der Bach trübe und lehmig; er polterte ungestüm dahin, stieg über seine Ufer und überschwemmte ein gutes Stück der Wiesen.

Nun fällt er bereits. Nicht mehr so wild wie gestern strudelt er dahin, führt nicht so viel Spreu mit sich und tritt auch schon langsam wieder von den Wiesen zurück, einen bräunlichen Streifen da hinterlassend, bis wohin gestern die Vorflut gereicht hatte.

Das ist das Genist, ein Sammelsurium von Grummetresten, dürren Stengeln, trockenen Zweigen, Grasrispen, Fruchtkapseln, Rindenstücken, Wurzeln, Samenkörnern, Blättern, Beeren, Käferflügeln, Schneckenhäusern, Puppenhüllen, Kerbtierleichen, Steinchen, Federn, Haaren, Moosflöckchen, Muschelschalen, Knochen und hunderterlei anderen Dingen, teils aus dem Haushalte der Natur herstammend, teils aus Trümmern von Gegenständen bestehend, die der Mensch anfertigte.

Ganze Mengen von Grasblättern und Wurzeln sind in den Weidenbüschen hängengeblieben, um deren Zweige die Flut sie fest herumgewickelt hat. Nun hängen sie da wie die Reste verwitterter, zerschlissener Wimpel und flattern im Winde. Dunkelköpfige graue Vögelchen, Sumpfmeisen und Weidenmeisen, schlüpfen daran herum und pflücken heraus, was sich in dem Gewirre an Körnern und Kleingetier gerettet hat.

An der Vorflutmarke aber, wo der Bach feineres Genist als ununterbrochenen Streifen abgesetzt hat, sind die Krähen dabei, herauszusuchen, was ihnen gut zu fressen dünkt, die schwarzen Rabenkrähen und die zur Hälfte aschgrauen Nebelkrähen aus Ostland, ferner eine Anzahl der blanken Saatkrähen sowie einige Dohlen. Auch etliche Stare, die infolge der milden Witterung vorläufig hiergeblieben sind, stöbern dort umher, desgleichen zwei Bergbachstelzen und einige nordische Pieper, die eigentlich weiter zum Süden reisen wollten, aber wegen der Stürme der letzten Tage diese Absicht aufgeschoben haben.

Sie finden alle überreiche Nahrung, denn es krimmelt und wimmelt nur so aus dem halbnassen Geniste hervor, zumal da jetzt die Mittagssonne so hell scheint und das Gespreu abtrocknet und anwärmt. Überall schlüpfen schwarze Laufkäfer aller möglichen Gattungen und der verschiedensten Größe hervor und streben dem trockenen Lande zu, dazwischen sind grünliche und hier und da ein gleißend kupferroter, der hier sonst nicht vorkommt und den das Wasser aus den Bergen mitgerissen hat, winzige, die wie blanker Stahl aussehen, bräunliche mit gelben Flecken, rote mit schwarzer Kreuzzeichnung, und ein gelblicher, grüngezierter, rund wie ein Marienkäferchen, dem man es nicht ansieht, daß er zu den Laufkäfern gehört.

Dann sind Halbflügler da, größere, glänzend schwarze, kupfrige, grünliche und blaue, kleinere, die gelbrot und blau gemustert sind, andere mit roten Halsschildern, und unzählige ganz winzige, die an schönen Abenden gern über den Landstraßen schwirren und den Radfahrern verhaßt sind, weil sie ihnen in die Augen fliegen und sie durch ihren beißenden Mundsaft zum Tränen bringen. Ferner gibt es noch größere und kleine Mistkäfer, stattliche und unglaublich winzige Rüßler, Blattkäfer, Erdflöhe, die kaum sichtbaren Haarflügler, seltsame Ameisenkäfer, Stutzkäfer, blank wie Erz, Borkenkäfer, Schnellkäfer und wer weiß noch welche Käferarten, solche, die hier in der Ebene leben, andere aus dem Hügellande da hinten und wieder andere oben aus dem Gebirge.

Die drei Sammler, die dort eifrig an der Arbeit sind, das Genist durchzusieben und ganze Mengen von Kleinkäfern in ihre Gläser zu füllen, werden zu Hause beim Aussuchen manches sehr seltene Stück finden, ebenso wie der andere Sammler, der die Rückstände nach Schneckenhäusern durchsiebt, denn die liegen zu Tausenden hier. Da sind einzelne Weinbergschnecken, rote, gelbe, braune, gesprenkelte und gestreifte große Schnirkelschnecken mit weißen oder braunen Mundsäumen, kleinere, bräunliche mit seltsam gefalteten Öffnungen, spitze Schließmundschnecken, viele Arten von Moospuppen, darunter ganz seltene Arten, halb und ganz durchsichtige Hyalinen, Vitrinen und Dauderbardien, winzige Schneckchen mit Haaren, Rillen und Stacheln, die häufigen Bernsteinschnecken und allerlei große und kleine Posthörner und andere Wasserschnekken, mit Kiemen atmende kleine Deckelschnecken, darunter eine nadeldünne, braunrote, glänzende, die auf dem Lande lebt und sehr selten ist, ferner ein weißes, bleiches, zartes und kleines Schneckchen, das kaum anders als auf diese Weise gefunden wird, weil es eine unterirdische Lebensweise führt, noch kleinere Deckelschnecken aus den Quelltümpeln des Gebirges und das noch viel kleinere schneeweiße Ohrschneckchen, das wie ein Grassamenkorn aussieht. Auch kleine Müschelchen finden sich vor und ab und zu Nacktschnecken, besonders eine kleine Verwandte der Ackerschnecke, die wie ein junger Blutegel anzusehen ist.

In solchen Unmengen setzt das Hochwasser mehrere Male im Jahre die Schneckenhäuser und Muschelschalen hier ab, daß der Boden rechts und links von dem Bache viel kalkhaltiger und fruchtbarer ist als weiterhin. Auch hat er eine ganz andere Pflanzenwelt, denn das Wasser führt aus dem Gebirge eine Masse von Samen solcher Gewächse mit, die hier in der Ebene nicht vorkommen. In den dürren Stengeln, die das Wasser mitführt, in den Grasbüscheln, Rindenfetzen und Holzstükken findet sich noch manches lebensfähige Ei, manches Fliegentönnchen, manche Larve oder Puppe, die im Frühling auskommen, und so siedelt sich an der Grenze der Flutmarke den Bach entlang allerlei kleines Leben an, das von Rechts wegen der Ebene nicht angehört.

Die meisten Menschen gehen gleichgültig an dem Streifen von Spreu vorüber, den das Wasser hier angespült und zurückgelassen hat, ohne zu ahnen, welche Bedeutung er hat. Wenn sie sich aber einmal bückten, eine Handvoll von dem Geniste aufnähmen, es auseinanderzupften und alles das betrachteten, woraus es besteht, so würden sie staunen über die Fülle von Leben, das darin verborgen ist.

DER PORST

An der Quelle, die am Fuße der hohen Geest aus dem anmoorigen Boden springt, steht ein brauner, blattloser Strauch, über und über mit goldig schimmernden Blütenkätzchen bedeckt.

Ein Porstbusch ist es. Schon im Spätsommer, als er noch im vollen Laube stand, hatte er seine Blüten halb fertig; im Herbst und Winter vollendete er sie, und dann stand er da und wartete auf seinen Frühling. Lange hat er warten müssen. Die Kolkraben kreisten laut rufend über der Wohld, die Birkhähne bliesen und trommelten auf den Wiesen, Hasel und Erle blühten auf und blühten ab; doch erst als der Kranich im Moor in die Trompete stieß und die Birke sich rührte, durfte der braune Busch seinen tausend Knospen den Willen lassen, und nun steht er da, umgeben von goldenem Schein und atmet einen strengen und starken Duft aus, der sich mit dem Hauche des jungen Birkenlaubes und dem Kiengeruche der sprossenden Kiefern vermischt.

Alle die anderen Porstbüsche, die zwischen den Rinnsalen, die aus der Geest quellen, stehen, hier einzeln und hoch, von Birken, Weiden, Eichen und Erlen bedrängt und von gewaltigen Wacholdern und hohen Stechpalmen, dort niedriger und in Scharen vereinigt, durchwuchert von silbern anblühendem Wollgrase und lustig sprießendem Riede, haben ebenfalls ihre Kätzchen erschlossen. Wenn sie aber auch noch so sehr prahlen und prunken, zur Alleinherrschaft kommen sie hier doch nicht. Denn das Bergmilzkraut ist noch da, das mit hellblühendem Rasen die Wässerchen umflicht, stolze Dotterblumen protzen aus saftigem Laub hervor, die Weidenbüsche leuchten von oben bis unten vor Blütenpracht, und das junge Laub der Birken, vermengt mit zierlichen Troddelchen, schimmert und flimmert im Morgensonnenlichte.

Einst, als der Wolf hier noch das Hirschkalb hetzte, bei Tage der Adler das große Wort hatte und bei Nacht der Uhu, herrschte der Porst unumschränkt von der Geest bis an die Aller. Aber die Bauern brannten ihn nieder, rodeten ihn aus, schlugen Pfähle ein, zogen Drähte, trieben das Vieh in die Gatter, kalkten das Land, und nun sind Wiesen und Weiden da, wo ehemals nichts war, als Porst und Porst und immer wieder nur Porst und hier und da eine Eiche, ein Wacholder, ein Stechpalmenbusch. Nur an den Seiten der Wiesen und an einigen Gräben hat er sich noch halten können und zieht braune, goldig leuchtende Streifen durch die grünen, vom Schaumkraut bläulichweiß überhauchten Flächen. Hinter den Wiesen aber, in der großen Sinke, die von zwei flinken Bächen und einem faulen Flüßchen überreich mit Wasser versorgt wird, hat der Porst noch die Obergewalt. Es fehlt dort anfangs nicht an Bäumen und Sträuchern, knorrigen Eichen, schlanken Birken, stolzen Fichten und krausen Kiefern; aber jetzt, wo der Porst in Blüte steht, kommen sie nicht zur Geltung, denn die ganze weite, breite, nur hier und da von einer Krüppelkiefer, einem Erlenhorste, einem Weidenbusche unterbrochene Fläche ist ausgefüllt von ihm, ist ein einziges goldenes, glühendes, loderndes Gefilde, erfüllt von tausendfältigem Leben.

Dumpf murren in den Tümpeln die Moorfrösche, hell locken im Riede die Heerschnepfen, wehleidig klagend taumeln die Kiebitze dahin, und mit jauchzendem Schrei kreist der Bussard unter den Wolken. Auf dem grauen Wacholdergerippe sitzt der Raubwürger, schrill rufend, helle Weihen werfen sich mit gellendem Kekkern aus der Luft, der Brachvogel steigt empor und läßt seine wehmütigen Triller weithin schallen, Kuckuck und Wiedehopf läuten, die Turteltauben schnurren, und viele kleine und feine Stimmen erklingen, ab und zu übertönt von den herrischen Fanfaren des Kranichs oder von dem dröhnenden Basse des Rehbockes, der von einem Menschen Wind bekommen hat und nun durch den Porst flüchtet, daß der Blütenstaub hinter ihm herwirbelt und die graue Glockenheide, die braune Sandheide, das grüne Ried und das silberne Wollgras mit dichtem gelbem Puder verhüllt.

Heute herrscht der Porst hier noch und morgen und übermorgen. Um das düstere Erlengebüsch frohlockt er und jauchzt aus dem modrigen Birkenwalde heraus. Aber die Sonne, die ihm nach langem Warten die Schönheit brachte, wird sie ihm bald nehmen, der Wind streift ihm den goldenen Staub aus den Kätzchen, der Regen gibt ihm den Rest. Mit verdorrten, fahlen Blüten wird er dann dastehen; niemand wird nach ihm hinsehen, wenn er sich mit jungem Laube schmückt, und je voller er sich beblättert, um so unsichtbarer wird er und verschwindet zwischen der Heide und dem Riede und den Weiden und dem übrigen Bruchgebüsch als ein Strauch, den keiner sieht und kennt. Im Herbste wird er dann noch einmal goldgelb und feuerrot leuchten und lodern und im Winter sich purpurrot aus dem Schnee erheben, um auf den Frühling zu warten; doch niemand freut sich an ihm.

Hinter den Erlen quillt eine Rauchsäule empor, und noch eine und immer mehr. Die Bauern brennen den Porst; er steht ihnen im Wege. Hier liegen die blühenden Büsche zu Tausenden am Boden, da starren sie tot und schwarz aus dem jungen Grase. Über das Jahr wird der feurige Busch nicht mehr so unumschränkt hier herrschen; Wiesen und Weiden werden ihn durchziehen. Und noch ein Jahr und abermals eins wird kommen, und aus ist es mit ihm. Nicht mehr wird der Birkhahn hier balzen, der Kranich trompeten, die Heerschnepfe meckern.

Verschwunden wird bis auf einige dürftige Reste der Porst sein mit seiner Pracht und all dem bunten, reichen Leben, das sich in ihm barg.

DER BAUMGARTEN

Die Kohlmeise war es, die den Baumgarten aus dem Winterschlafe brachte. Sie sang so lange in dem Haselbusche, bis dessen Troddelchen sich reckten und streckten und goldenen Staub ausschütteten.

Da fühlte sich die Amsel bewogen, die Aprikosen wachzusingen. Es dauerte eine ganze Weile, ehe ihr das gelang; aber dann entfalteten alle auf einmal ihre rosenroten Blüten, und die Leute, die die Straße entlangkamen, blieben stehen, lachten mit den Augen und sagten: „Ah!“

Das machte den Buchfinken eifersüchtig und er begann zu schlagen, daß erst die Knospen an den Kirschbäumen und dann die der Birnbäume aufsprangen und die Zweige aussahen, als seien sie frisch beschneit, und als der Grünfink zu schwirren begann und der Girlitz trillerte, ermunterten sich auch die Pflaumenbäume, und die Leute blieben wieder stehen und sagten: „O wie schön!“

Aber die Apfelbäume rührten sich immer noch nicht, soviel Mühe sich Meise, Amsel und Fink auch mit ihnen gaben, und Grünfink und Girlitz, Hänfling und Stieglitz. Es mußte erst das Gartenrotschwänzchen aus dem Süden kommen; das weckte die Frühäpfel auf, und die späten Sorten schüttelten auch dann noch nicht den Schlaf ab, sondern warteten, bis der Wendehals da war. Dann aber bedeckten sie sich mit rosenroten Knospen, zwischen denen die schlohweißen Blüten leuchteten, und abermals blieben die Leute stehen und sagten: „Ach wie entzückend!“

Mittlerweile war auch das Gras üppig gewachsen, und zwischen ihm öffneten sich hundert und aber hundert von goldenen Kettenblumen, so daß die roten und weißen Taubnesseln gar nicht mehr so zur Geltung kommen konnten wie bisher. Sobald die Sonne am Morgen warm schien, öffneten sich ihre Abbilder, eins nach dem anderen, wandten sich ihr zu und strahlten und glühten gleich ihr, und nun war der Baumgarten eigentlich erst gänzlich aufgewacht und lebte in lauter Blüten und Liedern. Um die Stachelbeerbüsche und Johannisbeerstauden summten die Bienen, über den goldbesternten Rasen flogen Füchse und Pfauenaugen, und in den herrlich geschmückten Zweigen sang und klang es von früh bis spät.

Kohlmeise, Amsel und Buchfink, die bislang das größte Wort haben, verschwinden mit ihren Liedern beinah vor denen der übrigen Vögel, so singt und klingt es in den Wipfeln. Da ist zuerst der Star. In dem Nistkasten, der in dem höchsten Birnbaume hängt, baut er, und wenn er nicht Neststoff einträgt oder auf Nahrung ausfliegt, dann sitzt er vor seinem Hause sträubt die Kehlfedern, klappt mit den Fittichen und quiekt und schnalzt und quinquiliert und dreht sich und wendet sich, daß sein Gefieder nur so blitzt und so blinkert.

Dann ist der Grünfink da, der in dem Rotdorne brütet und den ganzen Tag lockt und schwirrt, bis es ihm auf einmal einfällt, daß er noch etwas Besseres kann, um seine Frau zu belustigen, und dann fliegt er, hin und her taumelnd, genau so wie eine Fledermaus. Das kann außer ihm nur noch sein kleiner Vetter, der Girlitz, von dem zwei Pärchen in dem Baumgarten nisten. Es sieht zu putzig aus, wenn der sein seltsames Geflatter beginnt, bis er wieder auf einem Wipfel einfällt, lustig mit dem Schwänzchen wippt und fröhlich trillert und das Gezwitscher der Stieglitze und das Geschwätz der Bluthänflinge übertönt, obgleich er viel kleiner ist als diese. Dafür sind ihm diese aber an schönen Farben voraus.

Sie können aber nicht mit dem Gartenrotschwanz wetteifern, dessen silberklarer Gesang ab und zu laut aus dem Stimmengewirr heraustönt. Silberweiß ist seine Stirn, kohleschwarz seine Kehle und schön rot seine Brust. Der allerschönste Vogel in dem ganzen Baumgarten ist es, obgleich der schwarzweiße Trauerfliegenschnäpper sich auch wohl sehen lassen kann und auch hören, denn sein Liedchen, wenn auch nur kurz, ist hell und klar und fröhlich, und das Vögelchen ist so flink und so lebhaft, daß es sehr von den übrigen Bewohnern des Baumgartens absticht.

Das tut der Kleinspecht nicht, obgleich er mit seiner schwarzweißroten Färbung auffallend genug aussieht. Aber er ist ein stilles, bescheidenes Kerlchen, das meist schweigend an den Stämmen und Ästen entlangrutscht und die Blutläuse vertilgt und nur ab und zu lockt. Nur wenn er seinem Frauchen den Hof macht, wird er lebhaft. Dann kichert er schrill und fliegt mit sonderbarem Geflatter um sie herum, daß er wie ein großer bunter ausländischer Schmetterling anzusehen ist. In dem toten Ast des alten Winterapfelbaumes hat er sich seine Nesthöhle gezimmert und bringt dort Jahr für Jahr seine vier bis fünf Jungen aus. Wenn die beflogen sind, sieht es reizend aus, wenn die Eltern sie lehren, wie man sich durch das Leben schlägt. Das ist dann ein wunderliches Gerutsche und Gekrabbel in den Kronen und ein Hinundhergeflatter und Gequieke und Gepiepse den ganzen Tag lang, bis am Abend alle miteinander wieder ins Astloch schlüpfen.

Ein überaus schnurriger Gesell ist der Vetter des Zwergspechtes, der Wendehals. Er sieht mit seinem bräunlichen, äußerst fein gestrichelten Gefieder und dem breiten, schöngebänderten Schwanze gar nicht aus, als ob er zu den Spechten gehörte, ruft aber ähnlich wie der Rotspecht, der in dem benachbarten Eichwalde wohnt und ab und zu hier Gastrollen gibt. Aber wenn der Wendehals an einem Stamme entlangklettert oder an einem morschen Aste nach Larven hämmert, dann sieht man es ihm sofort an, wohin er zu rechnen ist. Ganz albern stellt er sich an, wirbt er um sein Weibchen. Dann spreizt er die Schwingen, fächert den Schwanz, richtet die Scheitelfedern auf, macht den Hals lang und dreht und wendet ihn so aberwitzigster Art, daß man meinen sollte, er habe gar keine Knochen darin.

Vielerlei Vögel sind es noch, die in dem Baumgarten leben oder ihn Tag für Tag besuchen. Da sind die Gartengrasmücke, der Mönch, die Dorngrasmücke und das Müllerchen, alle vier fleißige Sänger, die in den Weißdornhecken und in den Stachelbeerbüschen brüten. Dann ist der Gartenspötter noch da, der in dem Fliederbusche sein kunstvolles Nest hat, das vier rosenrote Eier enthält, ein ganz emsiger Sänger und ein sehr beweglicher Vogel, der den ganzen Tag in den Zweigen umherklettert und laut dabei singt. Sein Verwandter, der Weidenlaubvogel, ließ sich im ersten Frühling fleißig mit seinem seltsamen Liedchen vernehmen. Auch später singt er noch genug, doch übertönen ihn die vielen anderen Sänger ebenso wie die Kohlmeise, die Gartenmeise und die Blaumeise, die mit ihm die Vorfrühlingssänger waren, wie denn auch das feine Liedchen des Baumläufers, der wie ein Mäuschen an den Stämmen emporrutscht, jetzt ganz verschwindet in der Fülle von Lauten.

Einer aber, der sogar mitten im Winter hier sang, ist nicht unterzukriegen, obwohl er der kleinste aller Sänger ist. Das ist der Zaunkönig. Wenn der loslegt, sei es, daß er sein Liedchen schmettert oder daß er vor einer stromernden Katze warnt, dann ist er mehr als deutlich zu vernehmen. Viel mehr fällt er auf als die Braunelle, die in der Hecke brütet, und das Rotkehlchen, das in einer der vier Fichten, die in den Ecken des Gartens stehen, sein Nest hat und am liebsten in der Frühe oder vor dem Abend sein silbernes Liedchen erschallen läßt, das sich mit dem lauten und anspruchsvollen Gesange der Nachtigall, der von dem Parke herüberschallt, zwar nicht an Stärke, wohl aber an Innigkeit wohl messen kann. Von dort tönt abends und oft die ganze Nacht hindurch auch das weiche, süße Lied des Gartenrohrsängers, der dem Baumgarten oft einen Besuch abstattet, hervor und mischt sich mit dem klagenden Rufe der Käuzchen, die manchmal am hellen Tage dort angeschwebt kommen und sich einen Sperling holen, an denen es natürlich auch nicht fehlt, sowohl an Hausspatzen wie an den niedlichen Feldsperlingen.

Der schlimmste Räuber nächst den Katzen aber ist der Sperber. Jeden Tag kommt er an dem Zaune entlanggeschwankt, schwingt sich über die Hecke und geht, ehe sich die Vögel in dem dichten Gezweige bergen können, mit einem Spatzen, einer Amsel, einem Finken oder einem anderen Vögelchen ab. Zu den Vögeln, die der Besitzer des Gartens nicht gern sieht, gehören die Dohlen, die auf dem Turme der alten Kirche horsten, denn sie holen sich von den Pflaumenbäumen die Tragreiser zum Bau ihrer Nester, plündern später auch die Kirschen, wobei ihnen Pirol und Kernbeißer helfen, während wintertags der Dompfaff die Blütenknospen der Bäume verbeißt.

Auch dann ist es im Baumgarten nicht still. Meisentrupps, von einem Buntspechte geführt, fallen ein und säubern die Äste von Frostspannereiern, Krähen kommen und stellen den Mäusen nach, und ist sonst nichts los, so sorgen die Sperlinge dafür, daß dort etwas Leben ist. Am allerlustigsten aber geht es im Baumgarten jetzt zu, wo alle Zweige voller Blüten sind und im Rasen die goldenen Butterblumen blühen.

DIE KIRCHHOFSMAUER

Die Dorfkirche ist schon sehr alt. Man sieht das an den gewaltigen Strebepfeilern, an den Schießscharten, die freilich schon lange vermauert, aber noch zu erkennen sind, an den Hals- und Armeisen des Prangers neben der Haupttüre, an der steinernen Sonnenuhr und an den grünlichen Grabsteinen, die sie umgeben.

Auch die Mauer, die den Kirchhof einschließt, ist sehr alt. Sie bildete mit der Kirche zusammen einst die Feste des Dorfes, in die sich die Bauern zu Kriegszeiten, wenn die Not am höchsten war, zurückziehen konnten. Sie ist hoch und breit und aus großen Bruchsteinen gebaut. Jetzt ist sie ein wenig verwittert und von Rosen und Pfeifenstrauch, Spillbaum und Judendorn überwuchert und hier und da von Efeu berankt, und allerlei zierliche Farne und anderes Gekräut wuchert zwischen den grauen, mit gelben Flechtenkringeln und dunkelgrünen Moospolsterchen bewachsenen Steinen hervor.

Im ersten Frühling, wenn der Huflattich am Grunde der Mauer seine goldenen Sönnchen entfaltet, blüht in ihren Ritzen das zierliche Hungerblümchen, und die Fingerkrautpolster bedecken sich mit weißen und gelben Blüten. Später bilden rote und weiße Taubnesseln dichte bunte Sträuße, der Löwenzahn prahlt stolz, der Ehrenpreis blickt freundlich, bis Schöllkraut und Labkraut ihn und die andern im Verein mit blutrot besterntem Storchschnabel überprotzen und an manchen Stellen das Gestein fast ganz verhüllen, während an anderen die Fetthenne, ganz mit goldenen Blütchen bedeckt, dichte, tief herunterhängende Rasen bildet und weiterhin der Gundermann seine blaublühenden Ranken bis an den Grund der Mauer herabhängen läßt.

Vielerlei Getier lebt an der Mauer, bunte Schnirkelschnecken und die graue spitze Schließmundschnecke, Sprungspinnen und Mörtelbienen, auch verschiedene Käfer und sonstige Lebewesen. Gern sonnen sich hier die Füchse und das Pfauenauge, und nicht selten verschläft ein rotes Ordensband dort den Tag. In einer von Efeu überwucherten Spalte neben der Treppe hat der Zaunkönig gebaut, in dem struppigen Judendorn hat die Braunelle ihr Nest und unter den verbogenen Wurzeln der alten Linde die Bergbachstelze. Auch das Rotkehlchen, das im Pfarrgarten wohnt, schlüpft oft an der Mauer hin und her, und der Rotschwanz, der unter dem Kirchdache seine Brut hat, flattert oft vor ihr umher und fängt Fliegen.

Dann haben dort noch Kröten ihren Unterschlupf. Rechts von der Linde, wo die Mauer schon sehr zerfallen ist und Gras und Quendel dicht wuchern, wohnt eine dicke Erdkröte, und da, wo unter dem Holunderbusch die kleinen blauen Glockenblumen in dichter Fülle herabhängen, eine ebenso dicke Wechselkröte. Den Tag über halten sich beide meist versteckt. Nur wenn nach längerer Dürre ein sanfter Regen herunterkommt, verlassen sie auch einmal bei hellem Lichte ihre Löcher und steigen auf den Friedhof hinauf, um zwischen den eingesunkenen Gräbern auf die Jagd nach Nacktschnecken und Regenwürmern zu gehen, die dann reichlich aus dem Grase und dem Erdboden hervorkommen.

Langsam und bedächtig schiebt sich die Erdkröte dann über die moosigen Wege dahin, ab und zu ungeschickt hüpfend, wenn ein Mensch mit seinen Tritten den Boden erschüttert. Dann drückt sie sich zwischen einige Steinbrocken oder hinter einen Grasbüschel und setzt sich erst wieder in Bewegung, wenn es ringsumher ganz still geworden ist. Dann und wann, wenn sich vor ihr etwas rührt, macht sie halt und schnellt die Klappzunge nach der Ackerschnecke, die an einem Blatte emporkriecht, oder reißt mit derbem Rucke den Regenwurm ganz aus der Erde und schlingt ihn, mit den Händen nachstopfend, hinab.

So treibt sie es, bis sie übersatt ist und genügend Nachttau mit der Haut aufgenommen hat, um sich dann, wenn die Frühdämmerung herannaht, wieder in ihr Mauerloch zurückzuziehen.

Die hübsche, grün und weiß gefleckte Wechselkröte

ist viel gewandter als sie. Sie hüpft so flink wie ein Frosch, klettert sicher an den steinernen Umfassungen der Gräber empor und läuft, wenn sie sich in Gefahr glaubt, hurtig in einen Schlupfwinkel. Wenn ihre goldgrünen Augen irgendwo eine Bewegung im Grase erspähen, so ist sie schnell da und schnappt die Beute fort. Mit ganz großen Tauwürmern wird sie leicht fertig, und wenn ihr ein winziger Grasfrosch in den Weg kommt, so macht sie mit dem auch wenig Umstände. Nur um die mächtigen, blauen, goldgrün und kupferrot schimmernden Maiwurmkäfer mit den unförmigen Leibern, die sie bei ihren Tagesfahrten oft antrifft, kümmert sie sich nicht, denn die sind ihr ekelhaft.

Im März, wenn die Sonne das Wasser des Dorfteiches anwärmt, tritt die Erdkröte alljährlich die große Reise nach den Flachsrösteteichen unter dem Dorfe an, wo sie sich mit ihresgleichen trifft. Aus dem Murren der Grasfrösche klingt dann ihr trockener, hölzerner, wenig lauter Paarungsruf heraus, und bald darauf glitzern zwischen den Wasserpflanzen ihre langen, schwarzgeperlten Laichschnüre, aus denen sich schnell winzige schwarze Kaulquappen entwickeln, auf die die drei Arten von Molchen, die dort ebenfalls ihre Laichplätze haben, eifrig Jagd machen.

Erst lange nachher, wenn die Laubfrösche dort mekkern und die Wasserfrösche plärren, kommt auch die Wechselkröte angerückt, und ihr helles Trillern hebt sich dann scharf von dem Quarren der Frösche und dem Schnarren der Kreuzkröten ab. Ist aber die Laichzeit vorüber, so tritt sie wieder die lange Reise nach der Kirchhofsmauer an und sucht wie die alte Erdkröte ihr Loch bei der Linde, ihre Steinspalte unter dem Glokkenblumenbusch auf, das sie Nacht für Nacht verläßt, um zwischen den Grabhügeln zu jagen.

Es sind die beiden besten und sichersten Schlupfwinkel in dem alten Gemäuer, und schon so lange wie der alte Pfarrer hier lebt, kennt er die beiden Kröten. Wahrscheinlich sind es nicht immer dieselben, denn im Herbst schnobert der Iltis hier oft umher und sammelt Frösche und Kröten für die karge Zeit. Aber immer wieder sind die beiden Löcher von alten, dicken Kröten, hier von einer Erdkröte, da von einer Wechselkröte, besetzt, und das wird wohl so lange dauern, wie die Kirchhofsmauer besteht.

DIE SCHLUCHT

Unter der Steilwand des Berges erhebt sich ein Dutzend Klippen in dem Buchenaufschlag, und darunter liegt ein großer Erlensumpf, in dem sich das Regenwasser, das von den Felsen hierhin geleitet wird, fängt, um in einer Reihe von dünnen Wasserfäden wieder zum Vorscheine zu kommen, die sich allmählich zusammenfinden und ein Bächlein bilden. Im Laufe der Zeit hat es sich ein tiefes Bett in den Berg gegraben, den Erdboden bis auf den felsigen Grund fortgewaschen, und so rinnt es nun in einer engen Schlucht mit steilen Wänden zu Tale, meist flach und dünn, dann und wann aber breite flache Tümpel oder tiefe Löcher bildend, je nachdem die Rinne sich verbreitert oder Felszacken sie einengen.

Da aus der Schlucht immer eine feuchte Luft heraussteigt, sind ihre Ränder dicht mit Farnen bestanden, hohem Straußfarn und Wurmfarn, deren verwelkte Wedel jetzt wie braune Fächer herabhängen, starrem Rippenfarn, dessen Laub auch im Winter grün bleibt, und Tüpfelfarn, der ganze Rasen zwischen den Wurzeln der alten Eichen bildet, die die Schlucht begleiten. Aus den Spalten ihrer feuchten Wände kommen dichte Büschel winziger Felsenfarne hervor, die helles und dunkles, gefiedertes und gelapptes Laub tragen, und mit Efeuranken, Lebermoosgeflechten und Laubmoospolstern die Felswände fast ganz bedecken.

Im Sommer kommt die Sonne wegen der dichtschattenden Eichen und Buchen nur an ganz wenigen Stellen bis an die Schlucht heran; jetzt aber, da die Wipfel kahl sind, kann sie sie nur da nicht erreichen, wo die Fichten sich ganz eng um sie zusammendrängen. Hier, wo die Steilwände auseinandergehen und der Wasserfaden ein breites Becken mit flachen Ufern gebildet hat, fällt das Mittagslicht der Wintersonne voll auf das Wässerchen. Die Schneeflocken an seinen Rändern leuchten nur so, und die Eiszapfen an den freien Wurzeln blitzen und funkeln um die Wette mit den Blättern des Efeus und des Haselwurzes.

So warm scheint die Sonne, daß die Schneeflöhe auf den Schneeflecken lustig hin und her hüpfen und der Gletschergast, das seltsame, flügellose, dunkelerzgrüne Wespchen, munter zwischen den Fruchtschirmen des Brunnenmooses auf und ab springt. Eine kleine Gehäuseschnecke ist unter der Wirkung der Sonnenwärme aus der Froststarre erwacht; sie kriecht langsam vorwärts und weidet den Algenüberzug des Gesteins ab. Da kommt unter einem faulen Farnwedel ein winziges, fast nacktes Schneckchen, das auf dem Hinterleibe einen lächerlich kleinen, flachen Deckel trägt, hervorgekrochen. Es streckt seine Taster in die Luft, bewegt sie hin und her und schleicht dann stracks auf das andere Schneckchen zu, das, sobald es sich berührt fühlt, sich schleunig in sein Häuschen zurückzieht. Doch das nützt ihm wenig, denn die Daudebardie legt sich darüber, raspelt mit ihrer scharfgezähnten Zunge das Häuschen durch und frißt das Schneckchen bei lebendigem Leibe auf.

In den Sonnenstrahlen, die durch die Wipfel der Fichten fallen, blitzt und funkelt es unaufhörlich auf und ab. Ein Schwarm von Wintermücken ist es, die hier ihren Hochzeitstanz aufführen. Den Sommer über haben sie als Larven in dem faulen Laube am Grunde der Schlucht gelebt, haben sich im Spätherbste zu Mücken entwickelt und schwärmen nun fröhlich umher. Sie lokken den Zaunkönig an, der eben noch in dem dichten Waldrebengeflechte, das die lichthungrigen Dornbüsche weiter unten an der Schlucht umspinnt, fürchterlich lärmte, weil es ihm nicht paßte, daß die Waldmaus da umhersprang und ihm die Spinnen und Käfer fortfing, die er als sein ausschließliches Eigentum betrachtet. Nun schlüpft er in der Schlucht von Wurzel zu Wurzel und hascht alle Augenblicke eine der Mücken. In den Dornbüschen turnt ein Sumpfmeisenpärchen umher und pickt die Spannereier von der Rinde fort, und sobald es verschwunden ist, erscheinen mit vergnügtem Gepiepe zwei Blaumeisen und halten Nachsuche.

Dann ertönt ein leises Ticken, ein Rotkehlchen aus dem Norden, das den Winter hierzulande warm genug findet und nicht weitergewandert ist, kommt angeschnurrt, macht einen Bückling, fängt eine Mücke, trinkt aus dem Tümpel, sucht nach Gewürm und Schneckchen im Moose und schnurrt von dannen. Einige Buch- und Bergfinken fallen ein, tränken sich und stieben wieder ab. Eine Amsel fliegt herbei, wirft mit dem Schnabel geräuschvoll das Vorjahrslaub durcheinander, erbeutet Regenwürmer und Schnakenmaden und streicht mit gellendem Gezeter davon, weil der Fuchs aus der Fichtendickung heranschleicht. Er besucht die Schlucht gern, denn allerlei Mäuse wohnen in ihr, und ab und zu erwischt er dort auch eine Forelle, die sich von Tümpel zu Tümpel geworfen hat, um in dem sauerstoffreichen Wasser abzulaichen. Damit tut sie den vielen Salamanderlarven, die auf dem Grunde der Kölke leben, einen Gefallen, denn die frisch ausgeschlüpften Forellen sind ihnen ein bequemes Futter. Sie selber aber fallen zum Teil dem Eisvogel zur Beute, der ab und zu einen Ausflug in die Schlucht macht, während die Köcherfliegenlarven, die in Menge auf dem Grunde der Pfützen umherkriechen, der Wasseramsel über die schlechte Zeit hinweghelfen müssen, wenn der Bach, in den das Bächlein rinnt, durch Regengüsse oder Schneeschmelze getrübt ist.

Wenn im Vorfrühjahr die Sonne schon mehr Macht hat, blühen die Haselbüsche auf, die an den Flanken der Schlucht wachsen; über die ganze Rinne hin leuchtet es von den goldenen Troddelchen, und die bemoosten Felswände werden gelb überpudert. Es dauert dann auch nicht lange, und die vielen Seidelbaststräucher in den Steinspalten bedecken sich mit rosenroten Blüten, die blauen Sterne der Leberblümchen erscheinen im Laube, erst wenige weiße Buschwindröschen, zu denen jeden Tag mehr kommen, und schließlich auch die gelben, die Goldsternchen des Schlafkrautes, rosig aufblühende und dann blau werdende Lungenblumen, die zierlichen Simsen, die unheimliche Schuppenwurz, der bunte Lerchensporn, das winzige Moschusblümchen, und über sie hin schwirrt und flirrt es von Motten und Fliegen, und im Laube rispelt und krispelt es von Käfern aller Art, und lustig flattern die Zitronenfalter zwischen dem Gebüsche umher.

Um diese Zeit kommen auch die Fadenmolche aus ihren Winterlagern hervorgekrochen, fressen heißhungrig, bis sie fett und dick sind, vertauschen ihre mißfarbigen Kleider mit bunten Hochzeitsgewändern und bevölkern die flache, mit faulen Blättern gefüllte Wasserrinne, bis das Laichgeschäft vorüber ist. Ihnen folgen die Salamander, die zu Hunderten hier zusammenkommen und in den tieferen Wasserlöchern ihre Brut absetzen, um sich dann wieder über den ganzen Wald zu verteilen.

Dann aber ist auch die hohe Zeit für die Schlucht vorbei. Die Vorfrühlingsblumen verwelken, das Laub der Buchen und Eichen verschränkt sich und schattet so sehr, daß nur noch die Farne, die braune Vogelnestwurz, der leichenfarbige Fichtenspargel, Pilze und wenige Schattenpflanzen hier gedeihen und von den Tieren Schnecken und solches Gewürm, das mit halbem Lichte zufrieden ist und die feuchte Kühle liebt und das zum Teil erst dann zu vollem Leben erwacht und sich aus den modrigen Spalten und dem vom Fallaube verhüllten Schotter nach oben zieht, wenn Schnee das Land bedeckt und Eiszapfen aus dem Moose heraushängen.

DIE HEIDE

Im Spätherbst, als das rosenrote Seidenkleid der Heide immer mehr verschoß, wurden die Stadtleute ihr untreu.

Wochenlang waren sie bei ihr zu Gast gewesen, waren auf und ab gezogen in ihrem Bereiche, hatten ganze Arme voller rosiger Heidsträuße mitgenommen, hatten auf das überschwenglichste von ihr geschwärmt und waren dann fortgeblieben.

Sie wußten nicht, wie schön die Heide spät im Herbst ist, wenn ihr bräunliches Kleid mit silbernen Perlchen bestickt ist, wenn die Moorhalmbüschel wie helle Flammen leuchten, die Brunkelstauden feuerrot glühen und die Hängebirken wie goldene Springbrunnen auf die dunklen Jungföhren herabrieseln.

Die Leute meinen, tot und leer und farblos sei es dann dort. Sie wissen nichts von den knallroten Pilzen, die im seidengrünen Moose prahlen, von den blanken Beeren an den bunten Brombeerbüschen, von den goldgelben Faulbaumsträuchern und den glühroten Espen vor den düsteren Fichten, von den mit purpurnem Riedgrase besäumten, blau blitzenden Torfgruben und von dem lustigen Leben, das zwitschernd und trillernd, pfeifend und kreischend über alle die bunte Pracht hinwegzieht.

Sie ahnen es auch nicht, wie herrlich die Heide selbst dann noch ist, wenn die Birken ihren goldenen Schmuck verlieren und die Eichen ihr bronzenes Laub fahren lassen müssen. Viel farbiger als der Buchenwald ist wintertags die Heide, sei es, daß der Schnee sie verhüllt, von dem dann die ernsten Föhren, die unheimlichen Wacholder und die silberstämmigen, dunkelästigen Birken sich feierlich abheben, oder daß Rauhreif ihr ein zartes Spitzenkleid schenkt, das die Farben der Bäume und Büsche weicher und feiner macht und das in der Sonne wunderbar glimmert und schimmert. Sogar dann, wenn der Nordweststurm seine zornigsten

Lieder singt und die Sonne blutrot in gespenstigen Wolken hinter den blauen Wäldern untertaucht, hat die Heide Schönheiten, die andere Landschaften nicht darbieten. Aber nicht viele Menschen wissen das.

Und jetzt, da die Zeit herankommt, daß die Heide sich zum Frühlingsfeste rüstet, nun sie ihr fröhlichstes Kleid anlegt, da bleibt sie allein für sich, denn die Menschen in der Stadt haben keine Kunde davon, wie lieblich sie ist in ihrer Bräutlichkeit. Wie ein stilles, halb verlegenes, halb schalkhaftes Lächeln in einem schönen, ernsten Frauengesicht ist das Aufwachen des Frühlings im Heidlande, langsam bereitet es sich vor, fast unmerklich tritt es in Erscheinung durch schüchtern sprießende Gräser, verschämt hervorbrechende Blättchen, zaghaft sich öffnende Blüten, bis nach und nach die Büsche und Bäume sich voll begrünen und jede Wiese ein einziges Blumenbeet ist.

Über der wilden Wohld, die geheimnisvoll und dunkel hinter den Wiesen bollwerkt, kreisen die Kolkraben und rufen laut. Da recken die Erlen am Forellenbach ihre Troddeln und schütten Goldstaub auf die Wellen. In den hohen Föhren jagt der Schwarzspecht mit gellendem Jauchzen sein Weibchen von Stamm zu Stamm. Da werden die Bommelchen am Haselbusch lang und länger, bis sie wie Gold in der Sonne leuchten. Der Tauber ruckst auf dem Hornzacken der alten Eiche. Da öffnen die Kuhblumen am Graben ihre stolzen Blüten. Vor Tau und Tag schlägt der Birkhahn im Bruche die Trommel, der Kranich trompetet, die Heerschnepfe meckert, und nun platzen an den kahlen Porstbüschen die braunen Kätzchen auf, das ganze weite Bruch umzieht sich mit einem goldrot glühenden Geloder, und auf den angrünenden Wiesen entzünden die Weidenbüsche helle Freudenfeuer.

Jetzt rühren sich auch die Birken. Sie schmücken sich mit smaragdgrünen Blättchen und behängen sich mit langen Troddeln, und in wenigen Tagen geht ein betäubender Juchtenduft vor dem lauen Winde her, gemischt mit dem strengen Geruch des blühenden Porstes. Auch die Föhren und Fichten färben sich freudiger, die Erlen brechen auf, und schließlich lassen sich sogar die Eichen rühren und umgeben ihre knorrigen Zweige mit goldenen Flittern. Nun beginnt ein Jubeln, Singen und Pfeifen, das von Tag zu Tag stärker wird. In den Wäldern schlagen die Finken, pfeifen die Stare, flöten die Drosseln, Laubvogel und Rotkehlchen singen ihre süßen Weisen, die Meisen läuten, die Pieper schmettern, der Grünspecht kichert, der Buntspecht trommelt, die Weihen werfen sich laut keckernd aus der Luft, die Kiebitze rufen und taumeln toll vor Lebenslust umher, und unter den lichten Wolken am hohen Himmel zieht der Bussard jauchzend seine schönen Kreise.

Auch in dem Dörfchen, das unter den hohen Heidbergen fast ganz versteckt zwischen seinen Hofeichen liegt, ist der Frühling eingekehrt. Von jedem Giebel pfeifen die Stare, in allen blühenden Bäumen schmettern die Finken, in den Fliederbüschen schwatzen die Sperlinge, auf der Gasse jagen sich zwitschernd die Bachstelzen, und am Mühlenkolke singt die Nachtigall. Über dem Dorf aber auf der hohen Geest, wo der Wind am schärfsten weht, wird es nun erst Frühling. Einzelne Birken sind ganz kahl, andre wollen sich just begrünen, und nur ganz wenige schaukeln schon ihre Blütenkätzchen. Aber immer mehr Heidlerchen hängen in der Luft und dudeln ihre lieben Lieder hinab, von Tag zu Tag färbt sich das Heidkraut frischer, schmücken sich die mürrischen Wacholderbüsche mit mehr jungen Trieben, verjüngt sich das Torfmoos im Quellsumpf und umzieht sich sein Abfluß mit silbernen Wollgrasschäfchen und goldgelben Milzkrautblüten, und hin und her fliegen die Hänflinge, lustig zwitschernd.

Endlich flötet der Pfingstvogel in den hohen Birken bei dem alten Schafstall, in der Wiese stelzt der Storch umher, grüne Käfer fliegen blitzend und schimmernd über den gelben Sandweg, die Morgenrotfalter taumeln über die Wiesen, die vom Schaumkraut weiß überhaucht sind, an den Föhren und Fichten springen gelb und rot die Blütenzapfen auf und sprießen neue Triebe, und ganz und gar hat sich nun der Frühling die Heide erobert von den kahlen Höhen an bis tief in das Moor hinein, wo an den Torfgruben die Rosmarinheide ihre rosenroten Glöckchen entfaltet und auf den Gräbern silbernglänzendes Gras flutet. Das ganze Land ist verjüngt, überall ist frisches, junges Laub und buntes Geblüm, darüber hin zieht ein kräftiger Duft, und kein Fleck ist da, wo nicht ein Vogellied erschallt von der Frühe an, wenn die Birkhähne blasen und trommeln, bis zur Abendzeit, wenn die Nachtschwalbe mit gellendem Pfiff dahinschwebt und laut die Fittiche zusammenknallt.

Dann ist die Heide lustiger als zu einer andern Zeit, so voll von Leben, so bunt von Blumen, so reich an Farben, daß auch ihre ernsten Menschen fröhlicher werden müssen. Rauscht doch das Birkenlaub so schelmisch im Wind, summen doch selbst die brummigen Föhren zufriedener als je, flattert es allerorts weiß und bunt von flinken Faltern und ist die von Kienduft durchtränkte Luft erfüllt von Lerchengetriller und Piepergeschmetter, daß der Mensch helläugig werden muß, auch wenn er bei sengender Sonnenglut im Moor in schwerer Mühe den Torf gewinnen muß; denn ohne daß er es weiß, machen die leise zitternden weißen Wollgrasflokken, die silbern blitzenden Birkenstämme und die goldenen Blüten an den Ginsterbüschen sein Herz leicht und heiter.

Von all der Pracht aber wissen die Menschen in der Stadt nichts; sonst würden sie nicht in überfüllten Anlagen und lärmdurchtönten Wirtschaftsgärten Erholung suchen, die dort nicht zu finden ist, sondern ihren Sonntag in der Heide verbringen, in der lachenden, lustigen, liederreichen Heide.

DER FLUTTÜMPEL

Einen ganzen Tag und eine volle Nacht schlugen die Wogen über den Strand. Ein jedes Mal, wenn sie ankamen, luden sie totes und lebendes Getier, Steine und Tang ab, nahmen dafür aber große Mengen Sand mit, so daß den ganzen Strand entlang eine Reihe von Tümpeln entstand.

Die meisten von ihnen waren so flach, daß sie die Sonne heute in wenigen Stunden austrocknete. Der eine aber hier hinter der Barre von Feuersteinknollen, Seegras und Miesmuscheln, die die Wogen anhäuften, hat den Sonnenstrahlen widerstanden, denn er ist anderthalb Fuß tief, zwanzig Schritte lang und zehn breit.

Ein Meer in kleinem Maßstab ist dieser Flutkolk. An mehreren Stellen liegen Feuersteine, die dicht mit ledrigem Blasentang bewachsen sind, dessen Laub bis an den Spiegel reicht. Auf anderen Steinen, die das Wasser hier hinschleuderte, wuchern zarte Tange von hellgrüner Farbe, auf anderen wieder zierliche Algen, braun, rot und grün gefärbt. Der Boden des Tümpels besteht aus klarem Sande und den Schalen von Muscheln und Schneckengehäusen.

Die See hat so viele Dorsche, Knurrhähne und Butts auf den Strand geworfen, daß die Möwen und Krähen überreichlichen Fraß finden, und so kümmern sie sich nicht um das Getier, das in dem Kolke lebt, und auch die Brandenten, die bei hohem Seegange gern in ihm herumschnattern, gründeln heute, wo das Meer still wie ein Spiegel daliegt, in der Seegraswiese im Seichtwasser, in dem es von Fischbrut, Schnecken und Garnelen wimmelt. So haben die Tierchen in dem Tümpel vorläufig Ruhe.

Hurtig schießen die jungen Dorsche durch das Wasser und jagen auf winzige Krebschen. Sobald aber unser Schatten auf den Wasserspiegel fällt, huschen sie unter die Steine oder verbergen sich zwischen dem Blasentang, und die Garnelen fahren von dannen und graben sich blitzschnell in den Kies ein. Eine durchsichtige Qualle schwimmt langsam an der Oberfläche. Jetzt schließt sie sich über einem halbtoten jungen Dorsch und sinkt mit ihm zu Boden, um ihn aufzusaugen, und dicht neben ihr kriecht ein Seestern und sucht nach lebenden Miesmuscheln.

Zwischen dem zarten hellgrünen Tange bewegt sich etwas, das wie ein abgerissenes Seegrasblatt aussieht. Es ist eine Seenadel. Ganz langsam bewegt sich der grasgrüne, stricknadeldünne Fisch dahin. Weiterhin zwischen dem Blasentang schwimmt ein bräunlicher, größerer, und allmählich entdecken wir ein ganzes Dutzend der seltsamen Fische zwischen den roten, braunen und grünen Algenbüschen. Auch einige fadendünne Jungaale schlängeln sich am Rande des Tümpels dahin und suchen einen Ausweg, denn das Brackwasser ist ihnen leid, und es drängt sie nach dem Flusse. Sogar eine winzige Scholle ist hier gefangen. Sie hat sich bis auf die Augen eingewühlt und ist kaum sichtbar.

Da wir ganz stilliegen, zeigt sich immer mehr Leben. Flohkrebse schießen zwischen den Algen hin und her, die Dorsche necken sich, und die Garnelen wagen sich wieder hervor. Hier vor uns tauchen zwei winzige schwarze Punkte auf, und da und dort ebenfalls. Es sind die Augen eines kaum zollangen, schlanken Krebses, der durchsichtig wie Glas ist, so daß wir ihn nur an den Augen und an dem bräunlichen Darminhalt erkennen. In Menge sind diese Tiere hier in dem Tümpel; aber jetzt, wo der Schatten einer vorüberfliegenden Möwe auf das Wasser fiel, sind sie sämtlich verschwunden, und trotz aller Mühe finden wir keinen von ihnen wieder, bis auf einmal die schwarzen Augen wieder auftauchen und sie uns verraten.

Doch nicht nur im Wasser ist reiches Leben, auch der Sand birgt es, wie die vielen feinen Löcher andeuten, mit denen er gemustert ist. Kleine, schwarze, glatte, halbflügelige Wühlkäfer sind es, die hier wie Maulwürfe graben und den winzigen Fliegenlarven nachstellen, die sich von den faulenden Stoffen nähren, mit denen der Sand durchtränkt ist. Auch ein sonderbarer kleiner, glasheller Krebs, der Meerfloh, lebt unter dem Sande. Wir brauchen nur ein wenig zu scharren, und eine ganze Menge der merkwürdigen Tiere kriecht hervor, hüpft eilig weiter und bohrt sich schnell wieder ein. Und heben wir hier den faulenden Blasentang auf, so finden wir einen Verwandten von ihm, den bräunlichen Strandfloh, der sich mit ängstlichen Sprüngen vor dem Sonnenlichte zu retten sucht.

Winzige Uferkäfer, in schimmerndes Erz gekleidet, rennen über den Sand, und bald hier, bald da blitzt es auf, um sofort wieder zu erlöschen. Das ist der Meerstrandsandläufer, ein wunderschöner grauer, weißgebänderter Raubkäfer mit blaugrünem glänzendem Unterleibe, den er jedesmal zeigt, wenn er auffliegt, um Strandfliegen zu fangen, die zu Tausenden hier umherschwirren. Er ist ein reines Sonnentier. Je heißer die Sonne scheint, um so reger ist er. Bei trübem Wetter verliert er, wie die Wasserjungfern, die Flugkraft, verbirgt sich im Gekräut und wartet bessere Tage ab. Ganz sein Gegenteil ist ein Verwandter von ihm, ein platter Laufkäfer von bleichgelber Farbe mit schwarzem Sattel, der sich hier überall unter hohlliegenden Steinen findet, wo er den Tag verbringt, um sich erst in der Nacht hervorzuwagen und auf schlafende Strandfliegen zu jagen.

Wenn die Sonne noch einige Tage scheint, so verdunstet das Wasser auch in diesem Tümpel, er trocknet aus, die Dorschbrut und die Garnelen sterben ab, und die anderen zarten Krebse, die Schnecken und Flohkrebse verkriechen sich unter dem Tang und warten, bis der Sturm abermals die Wellen bis hierher wirft und wiederum, während er totes und sterbendes Getier am Strande aufhäuft, den Fluttümpel mit neuem Leben erfüllt.

DER WINDBRUCH

Mitten in der Wohld liegt eine weite, breite Lichtung.

Der Sturm hat sie geschaffen. In einer schwarzen Nacht kam er über das Moor gebraust, und als ihm die Wohld im Wege stand, stürzte er sich mitten in sie hinein, schmiß viele Hunderte von Fichten und Föhren durcheinander und verschwand über der Geest.

Viele Wochen lang krachten die Äxte und kreischten die Sägen auf dem Windbruche. Als dann der Frühling kam, wuchs der Holzweg, den die Bauern von dem Hauptgestelle nach der Blöße geschlagen hatten, zu. Zwischen den gewaltigen Wurfböden und um die tiefen Kuhlen, in denen sie gestanden hatten, sproß allerlei Kraut und Gestrüpp, das bisher vor dem Drucke der dichten Kronen nicht hatte aufkommen können, und so manches Getier, dem es dort einst zu dumpf gewesen war, siedelte sich an.

Ein heimlicher Ort ist diese Stelle, eine Welt für sich, fest umschlossen von engverschränktem Gebüsch und dichtgedrängten Bäumen. Üppig sind die Himbeeren aufgeschossen, und frisch wuchert süßer Hornklee. Darum steht der beste Bock in der Jagd mit Vorliebe auf dieser Stelle, sicher vor dem Jägersmann, denn rundumher liegt so viel Geknick und steht so viel Gestrüpp, daß der sich nicht unangemeldet heranpürschen kann.

Die Morgensonne fällt voll auf die Blöße. Die großen Blumen der Schwertlilien in den Kölken leuchten wie goldene Flammen, und die zarten Blüten der Wasserfeder, die die dunklen Spiegel mit grünem Rasen bedeckt, schauen ehrfurchtsvoll zu ihnen auf. Ein großer Schillebold mit himmelblau geziertem Leibe schießt in edlem Fluge hin und her. Jedesmal, wenn er eine Wendung macht, knistern seine goldbraunen Flügel.

Oben in den Kronen zirpen die Goldhähnchen. Ein Zaunkönig erhebt ein großes Geschimpfe, denn es paßt ihm nicht, daß die Kreuzotter sich dem Wurfboden nähert, in dessen Wurzelwerk er gebaut hat. Das Rotkehlchen, das nicht weit davon brütet, und die Weidenmeise, die sich in einem faulen Stumpfe ihr Nestloch gezimmert hat, helfen ihm dabei. Dann raschelt es leise in der Dickung, unter dem Spillbaum, vor dem die Schlange sich windet, zuckt ein feuerroter Blitz nach ihrem Kopfe, und dann steht der Waldstorch da, die Otter im Schnabel. Sein blankes Gefieder wirft rote und grüne Lichter von sich. Er sieht sich um, schlägt seine Beute gegen die Erde und schleicht wieder zurück.

Heißer scheint die Sonne. Die Wasserwanzen schießen auf den schwarzen Kölken hin und her, und die Frösche, die auf dem hellgrünen Vergißmeinnichtrasen sitzen, melden sich dann und wann. Plötzlich verstummen sie. Ein Häher läßt sich an dem Wasserloche nieder, blickt sich scheu um, trinkt und schwebt davon. Dumpf heult der Hohltäuber, hell ruft der Schwarzspecht, und unaufhörlich erklingt das Geschmetter der Finken und das Getriller der Meisen. Ein Pfauenauge spielt mit seinem Weibchen, ein Zitronenfalter tänzelt um die Faulbaumbüsche, die Luft blitzt von dem Geflitze der Schwebfliegen und ist erfüllt von Hummelgesumme.

Auf dem dunklen Wasser wirbeln silbern blitzende Taumelkäfer lustig umher. Jetzt fahren sie auseinander und tauchen hastig unter, denn ein Schatten fiel über sie. Der Waldwasserläufer ist es, dieses seltsame Urwaldschnepflein. Eilfertig trippelt der düstere Vogel, den lichten Bürzel emporschnellend, an dem Tümpel entlang, hier im saftigen Torfmoose herumstochernd, da ein Würmchen aus dem Wasser fischend und dort eine Mücke von einem Halm schnappend, dabei fortwährend nickend und wippend und gewandt über die Wasserfederpolster rennend.

Jetzt steht er mit schrillem Schrei auf, und sofort ist sein Weibchen bei ihm, das in dem vorjährigen Drosselneste in der Fichte brütet. Laut rufend schießen die beiden sonderbaren Vögel über die Blöße hin, ab und zu nach dem Raubwiesel hinunterstoßend, das zwischen dem Gestrüpp hinschlüpft. Nun fängt auch der Zaunkönig an zu schimpfen, das Rotkehlchen warnt, die Amsel zetert, die Braunelle entrüstet sich, die Meisen lärmen, und das dauert so lange, bis der kleine Räuber sich drückt und es still auf dem Windbruche wird. Die beiden Waldwasserläufer aber bleiben noch eine ganze Weile wippend und nickend auf zwei Wurfböden stehen und halten Wacht. Schließlich stiehlt sich das Weibchen wieder zu seinem verborgenen Neste, und das Männchen trippelt von neuem an dem Pumpe entlang.

Der Kuckuck läutet. Die Tauben gurren. Vom hohen Himmel ruft der Bussard. Leise bricht es in der Dikkung. Unter dem Schneeballbusche tritt der Bock heraus, äugt lange hin und her und äst sich dann an Gras und Klee. Goldfinken locken, ein Buntspecht hämmert. Fern fällt ein Büchsenschuß. Die Hummeln brummen, und die Fliegen summen, das Sonnenlicht spielt auf den blanken Blättern des protzigen Hülsenbusches, und hin und her schießt die große, herrlich gefärbte Wasserjungfer über den Windbruch mitten in der wilden Wohld.

DER BERGTEICH

Das Bergstädtchen ist heute ein einziger großer Blumengarten. Überall recken sich die Rispen des weißen und blauen Flieders zwischen dem hellgrünen Gesprieße der Tannen und dem tiefen Kupferrot der Blutbuchen, über jeden Zaun fluten des Goldregens leuchtende Trauben, die Roßkastanien sind überladen mit roten Kerzen, die Waldrebe entfaltet ihre blauen Sterne, der Rotdorn bricht fast unter der Fülle seiner Röschen, und die riesigen Knospen der Pfingstrosen sind aufgesprungen und lassen ihre weißen und roten Blumenblätter leuchten.

Der Himmel, der zwei Tage grau und grämlich war, ist vergißmeinnichtblau geworden, die Sonne, die zwei Tage lang hinter Grauwolken steckte, scheint voll und heiß und lockt Bienen und Fliegen. Der frische, reinliche Ostwind hat den faulen, schmutzigen Westwind abgelöst, er schwenkt die blühenden Büsche und läßt die Falter flattern.

Wo tief zwischen grünen Waldkuppen ein kühles Wasser liegt, dahin zieht es alle Menschen an diesem glühenden Tag, über den Bergbach, dessen wilde Wellen rauschend und brausend, blitzend und blendend über das Wehr springen, den Wiesenpfad über den Berg hinan und hinein in den schattigen Wald, wo von hoher Felsböschung der Ginster seiner goldenen Blumen Fülle nicken läßt.

Am Teich sind alle Tische voll von frohem Volk. In der klaren schönen Flut spiegelt sich der Buchen, Eichen, Fichten und Espen verschiedenfarbiges Grün in wunderbarer Mischung; wo der Wind den Wasserspiegel erreicht, kräuselt sich das Wasser blau und silbern. Von den gelben Rudern spritzen leuchtende Perlen, und hinter den Kielen zittern silberne Streifen her.

Rund um den Teich führt ein abwechslungsreicher Weg durch warmes Licht und kalten Schatten, über bunte Wiesen und durch grünen Wald. In den sonnigen

Buchten fahren die flinken Ellritzen hin und her, in den tiefen Ecken steht die bunte Forelle. Silberne Wasserjungfern knistern über die schwimmenden Blätter der Wasserhirse, stahlblaue Schwalben huschen über die Flut.

Aus dem Schatten der Buchen, wo einer hohen Kukkucksblume große weiße Blüten schimmern, tritt man auf eine sonnige Wiese, in der eine bunte Blume die andre drängt; da surren langhörnige Käfer, da schwirren glasflüglige Falter, da blitzt und funkelt es von allerlei sonnenfrohem Kleingetier.

Weiterhin in der sumpfigen Schattenecke plätschert das Wasserhühnchen herum, dicht über die schwarzgrüne Flut streicht ein Strandläuferpärchen, mit den langen, schmalen, gebogenen Flügeln fast das Wasser streifend, behäbig quarrt der Teichfrosch, lustig meckert der Laubfrosch, und langsam rudert ein Molch zwischen dem Kraut umher.

An einem Wieseneinschnitt, den ein kleines Wasser durchrieselt, ist ein dichtes Beet schneeweißer Dolden. Da schlüpft der Zaunkönig unter den grünen Schirmen der Pestwurz umher, und zwischen den überrieselten Steinen fischt die Bergbachstelze nach Gewürm für ihre Kleinen.

Und dann tritt man in das Gedämmer der Fichten, aus deren Wipfeln das dünne Gepiepe unsichtbarer Goldhähnchen ertönt, und wieder hinaus auf die sonnige Talsperre, mit ihrer Doppelaussicht auf die tiefe Klamm und die weite, grüne, von zwei Silberfäden durchzogene Wiese und den stillen, grünen, grünumkränzten Teich.

Hinter uns geht die Sonne unter, rote Glut über das dunkle Wasser gießend. Die Drossel singt und der Kukkuck ruft, das Rotkehlchen plaudert und die Frösche quaken, Eintagsfliegen tanzen über dem Wasser in dichten Schwärmen, unbekümmert darum, ob ihr kurzes, auf Stunden bemessenes Leben von den scharfen Zähnen der Fledermaus beendet wird, die zwischen ihnen hin und her huscht, oder von dem Rachen der großen Forellen, die platschend nach ihnen springen, große, goldene Ringe in das tiefe Rot des Wassers malend.

Dann ruft die Eule, ein kühler Wind kommt über die Berge, der Teich verliert den Rosenglanz, und die Wälder um ihn ziehen ihr schwarzes Nachtkleid an. Aber der Mond will nicht, daß dem hellen Tag eine dunkle Nacht folgen soll. Groß und rund steigt er über den Berg und wirft eine lange silberne Straße über das Wasser, eine Straße, auf der nur Wesen gehen können, die ohne Leib sind. Aus den schwarzen Buchten tauchen sie auf, aus den schwarzen Winkeln kommen sie hervor, weiße, wesenlose Gestalten, aus dem Nichts entstehend, in das Nichts zerfließend, bis sie vor dem hellen Mondlicht wieder fliehen in ihre schwarzen Buchten und dunklen Winkel, die Nebelelfen.

Die lauten, frohen Menschen sind alle schon fort. Ganz still ist es geworden am Teiche. Eines kleinen Vogels süßperlendes Nachtlied, der Eule tiefer, runder Ruf, eines Fisches Platschen, der Espen Geflüster, alles ist es, was noch laut ist in der Mondnachtstille.

Wir sind auch ganz still. Was sollen Worte hier, wo die Gedanken kaum hineinzuflüstern wagen in die feierliche Stimmung von Wald und Wasser und Mondenschein.

DIE MARSCH

Langsam und behäbig fließt der Fluß durch die Marsch. Sein dunkles Wasser glitzert silbern im Sonnenlicht und gibt verzerrte Bilder von den goldenen Kuhblumen und den silbernen Weidenbüschen wieder, die sich in ihm spiegeln.

Ein frischer Hauch bewegt lustig den duftigen, aus unzähligen lichten Schaumkrautblüten gewebten Schleier, der sich über das grasgrüne Land zieht. Zwischen ihnen tanzen zarte Falter hin, deren Schwingenspitzen feurig wie die Morgensonne leuchten.

Hoch oben am bachblumenblauen Himmel spielen fröhlich die Schwalben und kreisen, dunkel eben und jetzt hell aussehend, zwei große Weihen. Unten am Ufer flirren und schwirren um die schimmernden Ellernbüsche zahllose Frühlingsfliegen. Wenn sie sich dem Wasserspiegel nähern, springen ihnen laut schnalzend blinkende Fische entgegen.

Zwei Krähen, blitzblank im Sonnenschein leuchtend, kommen angeflogen. Mit schneidendem Rufe steht ein Kiebitz auf, holt sie ein, stürzt sich auf sie hinab und umfuchtelt sie in regellosem Fluge. Ein zweiter gesellt sich zu ihm, noch einer, ein vierter und immer mehr: Wie eine Schar von Gespenstern gaukelt es um die schwarzen Eierdiebe her.

Selbstzufrieden stümpert der schwarzköpfige Rohrammerhahn sein dürftiges Liedchen von der Spitze eines dürren Reethalms. Aus dem Weidicht kommt das Gezirpe der Rohrsänger, ein Gemisch von Froschgequarre und Riedgeruschel. Ein Pieper flattert unbeholfen empor, hölzern klappernd, und fällt wie kraftlos in das Gras. Wehmütig piepst die gelbe Bachstelze, und fröhlich zwitschernd steigt das Weißkehlchen auf.

In den Uferbuchten prahlen die Frösche; aus dem verworrenen Getöse klingt hier und da und dort das breite Lachen eines alten Vorsängers heraus. Wo einer der Störche, die würdevoll und gemessen, weithin sichtbar, durch das Gras waten, sich naht, endet das Gequarre in einem entsetzten Gepaddel und Geplansche, bis der schwarzweißrote Schreck weitergestelzt ist und der Lärm erst schüchtern wieder beginnt, um immer zuversichtlicher und unbekümmerter anzuschwellen.

Das breite, weite, grüne Land ist voll von kleinen Vogelstimmen, und der Himmel darüber tönt von Lerchengetriller und Schwalbengezwitscher. Dennoch steht eine große Ruhe über der grünen, mit silbernen und goldenen Blüten besäten Marsch, eine Ruhe, die der klirrende Ruf der leuchtenden Seeschwalben, der spitze Schrei des dunklen Rohrhuhns eher verstärkt als zerstört, und auch das Jodeln der Wasserläufer und das weithin hörbare Flöten eines Brachvogels geht in ihr schließlich doch unter.

Hinter den Ellernbüschen kommt ein Flug schlanker Vögel angeschwenkt, schlägt Bogen über Bogen, fällt ein, steht auf, läßt sich abermals nieder, nimmt sich wiederum hoch und verharrt schließlich auf einer höheren Stelle, deren Graswuchs mager und dünn ist. Kampfläufer sind es, schnurrige Gesellen. In anspruchsloses Graubraun sind die Weibchen gekleidet; die Männchen jedoch prunken in schimmernden Rüstungen. Der eine ist dunkelstahlblau an Nackenlatz und Brustschild, der da erzgrün, dieser rostrot, jener weiß, und andere sind weiß und gelb gefleckt, hell und dunkel gemustert; aber keiner gleicht dem anderen völlig.

Stocksteif stehen sie da, die seltsamen Burschen, ungemein viel Würde entwickelnd. Stochert einer einmal nach einem Würmchen im Rasen, so besinnt er sich doch sofort, daß heute Mensurtag ist, und nimmt schnell wieder Haltung an. Auf einmal stehen sich zwei gegenüber, zittern vor Kampflust, sträuben die Kragen, nehmen Paukstellung an, fahren aufeinanderlos, rennen sich die Schnäbel gegen Gesicht und Brust, prallen zurück, sausen wieder zusammen und stehen plötzlich mit heruntergelassenen Schilden da, als hätten sie nichts miteinander vorgehabt.

Es ist ja auch nur Bestimmungsmensur, das Gefecht, nicht so schlimm gemeint, wie es aussieht. Der dunkelerzgrüne und der hellkupferrote Hahn treten jetzt an. Hei, wie sie aufeinander losfahren, zurückweichen, Pause machen, hin und her trippeln, einen neuen Gang beginnen, mitten darin abbrechen, wieder zusammenprallen, in die Höhe hüpfen, stürmisch flattern, den Gegner mit Finten aus der Deckung locken und ihm schnell einen Stich versetzen. Dann auf einmal ist der Kampf zu Ende. Die Fechter stehen gleichgültig da, zupfen sich den Paukwichs zurecht, rennen im Grase umher und suchen im Moose nach Käfern.

Fort stiebt die ganze Gesellschaft, Paukanten sowohl wie Corona. Im Zickzack schwenkt der Flug über die nassen, von goldenen Blumen strahlenden Sinken, burrt quer über den Fluß, saust um die Weiden herum und verschwindet in der Ferne, wo die beiden Reiher an dem Ufer stehen. Der Rohrweih, der dort angeschaukelt kommt, hat sie vertrieben. Wo sein Schatten hinfällt, schweigen die Frösche, verstummt der Wiesenschmätzer, bricht der Rohrsänger sein Gezirpe ab. Aber eine Seeschwalbe, wie ein silberner, rotbespitzter Pfeil herunterschießend, vier Kiebitze und zwei Wasserläufer belästigen das braune Gespenst so lange, bis es sich von dannen macht, und sofort fangen die Frösche wieder zu quarren an, Schmätzer und Rohrsänger legen von frischem los, und die Wasserhühner kommen kopfnikkend aus dem Ried hervorgerudert.

Über der Kuhle, die ganz von den starren Blättern der Krebsschere erfüllt ist, schweben stumm die Trauerseeschwalben hin und her, dann und wann hinabschießend und eine Beute aufnehmend. In dem dichten Wirrwarr von Rohr und Schilf führt eine Entenmutter ihre wolligen Jungen. Mit schallendem Fluge streichen Stare herbei, fallen im Grase ein, watscheln dort herum und suchen eifrig nach Futter. Über der offenen Blänke flirrt es silbern und spritzt es, als regnete es dort; der Barsch jagt Fischbrut. Dicke Blasen steigen auf und zerplatzen seufzend; der Aal wühlt im Schlamme. Trillernd schwirren zierliche Uferläufer vorüber, und drei Erpel, die das Segelboot aufstörte, stehen mit Getöse auf und klatschen weiterhin in das Schilf.

Kühler weht es vom Abend her. Die Sonne versinkt. Nebel tauchen auf. Der Heuschreckensänger läßt sein eintöniges Geschwirre erschallen, die Frösche werden lauter. Schon unkt ein Dommelchen in seinem Rohrverstecke, heiser ruft ein Reiher, stolz vor rosenrot glühenden Wolken dahinrudernd, und mehr und mehr erklingt das Gemecker der Himmelsziegen, die pfeilschnell dahinsausen.

Die Ferne versinkt in Nebel, und die Nähe geht in Dunst unter. Hart schnarrt in strengen Pausen der Wachtelkönig, gellend pfeift die Ralle, klagend ruft eine Mooreule. Noch einmal glüht die Sonne auf, ehe sie Abschied nimmt. Das Blaukehlchen vermischt sein Lied mit dem Geruschel des Rohres und dem Gekluckse der Wellen, bis das Plärren der Frösche alle anderen Laute verschlingt und der Nebel alle Farben zudeckt.

DER HASELBUSCH

Wo der Wildbach zwischen den zerborstenen, mit lustigen Farnen geschmückten grauen Klippen aus dem Unterwalde herauspoltert, reckt sich ein alter, krummgewachsener Haselbaum über dem krausen Verhaue von Schlehen, Weißdorn, Rosen und Brombeeren. Auf seinem untersten Zweige, der tot und trocken auf das quicklebendige Wasser hinabhängt, sitzt der Eisvogel gern und lauert auf die Ellritzen, die in der flachen Bucht spielen. Schüttelt ein Wind die Äste des Hasels, daß die Käfer und Fliegen, die auf den Blättern sitzen, herabfallen, dann gehen die Forellen, die in dem Kolke hinter der gischtumspülten Klippe stehen, danach hoch, oder die gelbbäuchige Bergbachstelze, die in der Felsritze unter den Farnwedeln ihr Nest hat, schnappt sie fort, ehe sie in das Wasser fallen, wenn nicht die weißbrüstige Bachamsel, die unter der überhängenden Wand brütet, ihr zuvorkommt.

Den ganzen Tag ist in und um den alten Haselbaum ein lustiges Leben. Bald flattert die Dorngrasmücke aus ihm heraus, zwitschert lustig und schlüpft in den Bergholderbusch neben ihm hinein, bald turnen die Meisen in ihm herum. Dann wartet der Dorndreher dort, bis er einen Käfer eräugt, die Grünfinken oder die Stieglitze lassen sich auf ihm nieder, ein Häher, der aus dem Bache trinken will, sieht sich von da um, und gern treten die Rehe dort hin und her und äsen sich an all den üppigen Kräutern unter ihm.

Abends aber, wenn die Krähen laut quarrend zu Berge fliegen und in dem alten Steinbruche das Käuzchen quiekt, wird ein anderes Leben in dem alten Busche wach. Da, wo der Schlehenbusch sich mit dem Hasel verschlingt und der von der Waldrebe umsponnene Weißdorn sich zwischen beide drängt, rispelt und krispelt es verstohlen. Ein winziger Kobold, mit großen, nachtdunklen Äuglein und langem, gespreiztem Schnurrbärtchen, wohlbepelzt und feingeschwänzt, klettert über den mit goldenen Flechten besetzten Ast des Nußbaumes, putzt sich das rosarote Schnäuzchen, zupft an dem rötlichen, in der Dämmerung schwarz aussehenden Fellchen, knabbert ein Käferchen auf, fängt ein Möttchen, speist ein Räupchen, dreht sich um, setzt sich auf die Keulchen, lockt leise und wartet, bis ein, zwei, drei, vier noch kleinere Gespensterchen hinter ihm herkrabbeln und sich zu ihm gesellen, vier kleinwinzige Haselmäuschen, seine Jungen. Es leckt sie, säubert sie, hilft ihnen über einen dicken Astknorren, weist ihnen die Knospe, in der das Würmchen steckt, bringt ihnen bei, daß das braune Ding, das da an der Rinde klebt, eine schmackhafte Schmetterlingspuppe ist, nimmt ihnen die Angst vor dem heftig schnurrenden Eulenfalter, den es gehascht hat, und die Furcht vor dem Maikäfer, der mit lautem Getöse daherschnurrt und an einem Blatte hängenbleibt, von dem ihn die alte Haselmaus herabreißt. Knipps knapps, ist der Nacken durchgebissen, ritsch ratsch, sind die Flügel herunter, zwick zwack, die Beine davon, und nun geht das Geknusper und Geknasper los. Das schmeckt lecker, das bekommt gut, das ist besser als im Frühling die Knospen und jungen Triebe und die mageren Würmchen und die alten, muffigen Schlehen und Mehlfäßchen im alten Laube oder die vorjährige dürre Motte und der halblebendige Käfer oder der ankeimende Grassamen. Nun ist die fette, die schöne Zeit da.

Wenn nur die Angst nicht wäre, die gräßliche Angst! Horch, was war das da unten? Sollte das das Wiesel sein oder der Iltis und am Ende sogar der Fuchs, der Gaudieb? Und was flog dort eben hin? Der Kauz oder nur eine Fledermaus? Wie schön wäre es, könnte man jetzt beim Sternenlichte auf den äußersten Ästen umherturnen oder am Boden zwischen den blanken Efeublättern nach Käfern jagen! Aber da oben ist man vor der Eule nicht sicher und da unten könnte einen das Wiesel haschen. Es ist schon besser, in dem dichten Gewirr der Äste des Hasel, der Schlehen und des Weißdorns zu bleiben, oder in den Ranken der Waldrebe umherzuklettern oder zwischen den zackigen Wildrosenschößlingen, die das Wiesel scheut und wo man vor der Eule sicher ist. Da wimmelt es ja überall von Nachtfaltern, Käfern und Raupen. Ein dicker Schwärmer kommt angesaust. Wupps, hat ihn die alte Haselmaus am Flunk erwischt. Er schnurrt und burrt so gefährlich, daß die vier kleinen Haselmäuse entsetzt auf einen Haufen zusammenkriechen. Doch die Mutter hat ihm schon einen Flügel nach dem anderen abgeknipst, und wenn er auch noch heftig mit den grünen Augen funkelt und wild den bunten Hinterleib bewegt, es hilft ihm alles nichts, vier Rosenmäulchen fallen über ihn her, und bald ist nichts von ihm übrig, als die dicken Fühler und die dünnen Beine, die in das Gras fallen. Dann schnurrt ein Bockkäfer daher, dem es ebenso geht, und die große grüne Heuschrecke, die auf dem Aste heranstelzt, muß ebenfalls daran glauben.

Aber dann gibt es ein Unglück. Die eine von den kleinen Haselmäusen hat eine dicke fette Raupe gewittert und klettert in demselben Augenblicke hinter ihr her, als ein jäher Windstoß den Zweig heftig anrührt. Sie verliert den Halt, schlägt durch das Laubwerk, plumpst vor die Klippe, wird von dem Strudel gefaßt und in den Kolk getrieben. Dreimal dreht sie sich hilflos um sich selber, und noch einmal, dann aber steigt die dreipfündige Forelle hoch und nimmt sie in die Tiefe mit.

Das Käuzchen vom Steinbruche ruft lauter und schwebt an dem Haselbusche vorüber. Der Nebel wird dicker, die Luft kühlt sich ab. Die Haselmäuse haben sich sattgefressen und sind müde von dem Umherklettern. Die Alte geht voran, ihre drei Kinder folgen ihr. Da, wo am Grunde der Klippe der Hasel mit den Schlehen und dem Weißdorn sich ineinander verfilzt und Gras und Kraut und altes Laub die Lücken füllen, wo sie den Winter verschlafen hat, da hat sie auch ihren Sommerschlupf, und dort verschwindet sie mit ihren Jungen, um erst wieder wach zu werden, wenn die Abendsonne den Haselbusch nicht mehr bescheint.

DAS BERGMOOR

Menschengesichter gibt es, hinter deren düsteren Augen und verschlossenen Lippen wir ein böses Geheimnis ahnen; wir gehen ihnen aus dem Wege.

Und wieder gibt es Menschengesichter, ernst aber mit Güte in den Augen, mit Lippen, die nicht oft und nicht viel reden, mit Geheimnissen, die aber keinen Hauch von Grausen ausströmen; an solchen Menschen nehmen wir Anteil.

So ist der Brocken. Er hat seine Geheimnisse, aber sie sind nicht schrecklicher Art. Es sind Geheimnisse, wie einsame Menschen von viel Gemüt und gutem Humor sie in sich hegen, Leute, wie Arnold Böcklin und Wilhelm Busch es waren, die der gemeinen Menge als schrullenhafte Sonderlinge gelten.

Wer kennt ihn von den zweimalhunderttausend Leutchen, die alljährlich zu Fuß oder mit dem Wagen oder auf der Eisenbahn auf seinen Gipfel klettern? Nicht hundert davon sehen mehr von ihm, als die gelben Granitwege zwischen sturmzerfetzten Fichten, als die Aussicht in das bunte Land, als die weißgedeckte Tafel im Unterkunftshause mit ihren Flaschenkübeln.

Auf gebahnten Wegen geht es hinauf, man ißt und trinkt, bewundert die Aussicht oder schimpft, ist sie nicht da, schreibt Ansichtskarten, und dann geht man auf sicheren Steigen hinab in dem stolzen Gefühle, den Brocken kennengelernt zu haben. Man hat ihn kennengelernt, wie einen großen Mann, den man in Gehrock und hohem Hute aufsuchte und mit dem man zehn Minuten sprechen durfte.

Und das ist gerade das Reizvolle an dem seltsamen Berge, daß ihn so viele Menschen besuchen, daß aber nur ganz wenige ihn kennen. Ist Pfingsten helles, warmes Wetter, dann kann es sein, daß dort oben zweimal tausend Menschen Mittag essen, daß alle Zuwege bunt von bunten Hüten und hellen Kleidern und laut von Gelächter und Gesang sind; wer aber Bescheid weiß, der tritt vom bezeichneten Pfade und ist dann allein, hört und sieht nichts mehr von dem Volke der Ausflügler, braucht keinen Singsang und kein Gejodel mehr auszustehen und sich nicht über Papier, Kartons, Stanniol, Eierschalen und Flaschenscherben zu ärgern, mit denen die Wegeränder verschandelt sind. Frau Einsamkeit sieht ihn mit großen, guten Augen an, hängt sich an seinen Arm und weist ihm die Geheimnisse des Berges, seine großen und kostbaren Schätze, seine kleinen und feinen Sächelchen, an denen er seine Freude hat.

Seitdem die Bahn bis zu seiner Spitze geht, hat er viele von seinen Schätzen beiseite geschafft, denn zu arg wütete das unholde Volk dagegen. Jetzt grasen die Leute die ganze Kuppe ab, hungrig auf Brockenmyrte, wie sie die zierlich begrünten Ranken der Krähenbeere tauften. Aber sieh dich hier im Moore einmal um! Du gehst nur auf Brockenmyrte; ganze Rasen bildet sie, und darüber nicken, rosig und weiß, wie die Gesichter von Elfenkinderchen, die lieblichen Blüten der Rosmarinheide unter den silberweißen Wimpeln des Wollgrases. Nebenan, wo das Torfmoor verdächtig naß aussieht, rankt die zierliche Moosbeere und läßt auf haarfeinen Stielchen ihre entzückenden Blümchen, winzige Abbilder der Türkenbundlilie, erzittern, und daneben steht ein üppiger Strauch der Zwergbirke. Ist es ein Andenken, das der Berg sich aus jener Zeit bewahrte, wo das Inlandeis bis tief nach Norddeutschland hineinreichte und schlitzäugige, schwarzhaarige Jäger dem Mammut Fallgruben bauten und den Moschusochsen vor den Hunden erlegten? Oder haben reisende Vögel aus dem Nordlande die Samen hierher verschleppt? Unter der Kleintierwelt des Berges ist allerlei zu finden, was sonst nur in den Mooren des hohen Nordens oder vor den Gletschern der Hochalpen lebt, ein blankes Käferchen, ein grauer Falter, eine Spinne oder eine Milbe. Jetzt, wo die Sonne gegen die wilde Trümmerhalde scheint, die das Moor umsäumt, lebt das kleine Leben auf. Da surrt und burrt es tausendfältig um die rötlichgrünen Kugelblüten der Heidelbeeren vor Bienen und Wespen, Fliegen und Hummeln, die Blöcke wimmeln von plumpen

Rüsselkäfern, schlanken Schnellkäfern. Auf dem tiefen Tümpel, in dem die Äste der Zwergweide ihr goldgrünes Laub spiegeln, huschen Wasserwanzen hin, und am Rande ist ein Gewimmel eben ausgeschlüpfter Larven des Grasfrosches, eine willkommene Beute für die Bergmolche, deren himmelblaue Seiten und feuerrote Bäuche jedesmal aufleuchten, wenn die schlanken Tiere Luft schöpfen. Auf den von Flechten und Moosen buntgesprenkelten grauen Granitblöcken sonnt sich die Waldeidechse, und zwischen den Heidelbeersträuchern jagen sich liebestolle Spitzmäuse.

Heute wacht der Berg; gestern schlief er, hatte sich die Nebelkappe über den Kopf gezogen und schnarchte, daß die verwetterten Fichten hin und her schwankten. Kein Käfer kroch, keine Biene flog und kein Vogel sang. Aber heute früh, als der Nebel zerriß und die Sonne den Berg so lange streichelte, bis er ein vergnügtes Gesicht machte, da meldeten sich die Fichtenmeisen überall, der Fink schlug, die Braunelle zwitscherte, Graudrossel und Schnarre flöteten, der Laubvogel sang, und da erhob sich auch der Wiesenpieper, stieg ungeschickt in die Luft und klapperte seinen hölzernen Singsang, und über die Trümmerhalde stieg der Steinschmätzer und quirlte mit viel Geflatter sein Schalksnarrenlied heraus. Dann, auf einmal, wimmelte die Luft von Mauerseglern. Sie brüten dort unten in den Städten und lassen sich hier nicht sehen, wenn der Berg sein Nebelkleid trägt; sobald aber die Sonne auf seine Glatze scheint, sind sie da, kreischen hungrig und erschrecken die Brockenfahrer, die vom Turme in das leuchtende Land sehen, mit schallendem Schwingenschlage. Sobald aber der Wind kälter pfeift, sind sie verschwunden, wie fortgezaubert.

Denn der Berg hat seine Launen; er lacht gern, aber er hat doch dicht am Wasser gebaut. Außerdem ist er ein Freund von Späßen. Hier ist doch Mai, leuchtender, lachender Mai mit hellgrünen Tannensprossen, jungem Ebereschenlaub, bienenumschwärmtem Heidelbeergekräut, blütenüberdecktem Sauerkleerasen, Falterflug, Käfergeschwirre und Vogelgesang. Dicht daneben ist

Winter. Da liegt der Schnee hart und fest zwischen dem wilden Getrümmer, rührt sich noch keine Fichte, haben die Heidelbeeren noch dünne Zweige, fliegt kein Falter, kriecht kein Käfer, und hurtig hüpft der Gletschergast im nassen Moose umher. Daneben aber, wer möchte es glauben, ist Sommer, reichlichster Frühsommer. Die Heidelbeeren sind abgeblüht, der Sauerklee steht in Frucht, die Fichten haben lange Triebe. Noch etwas weiter hin, und der Vorfrühling winkt mit den allerersten Grasspitzchen, winzigen Knöspchen an den Fichtenzweigen und eben sich erschließenden Heidelbeerblüten.

Ach ja, es ist ein sonderbarer Geselle, der Berg. Die Wege und die Bahn hat er sich gefallen lassen müssen und das Gasthaus und die Wetterbeobachtungsstelle; mehr gewährt er aber nicht. Hier starren, von Heidelbeergebüsch, Moos und Farn halb versteckt, gewaltige Mauern, kunstvoll gefugt, und leicht denkt sich der Wanderer eine Raubritterburg in früheren Zeiten hierhin. Aber dem ist nicht so gewesen. Die Räuber, die hier wohnten, hatten vier Beine und hießen Bär, Luchs und Wildkatze, und bis auf die letzte, die unten am Berge noch ihr heimliches Leben führt, sind sie verschwunden, der eine seit zweihundert, der andere seit hundert Jahren, und jenes Gemäuer ist der Rest von Torfarbeiterhäusern und Torfköhlereien. Die Arbeit war zwecklos; der Berg litt es nicht, daß man seine Moore ausbeutete; er wartete, bis die Torfhaufen aufgetürmt waren, und dann weichte er sie so ein, bis sie umfielen. Da gab man es auf. Auch seine Fichten will er so haben, wie es ihm paßt. Und es paßt ihm nicht, stehen sie in Reihe und Glied, wie die da unten im Forst. Hier und da läßt er sie ja wachsen, aber gar zu keck dürfen sie nicht werden, denn dann ruft er den Wind. Der kommt mit Schnee und Rauhreif, und davon packt er den Bäumen so viel auf, bis sie auf die Knie fallen, und wenn er seinen bösen Tag hat, dann wirft er sie durcheinander, wie Kraut und Rüben, und trampelt mit seinen Nagelschuhen darauf umher, daß sie tausendweise ihr Leben lassen müssen. Und dann kommt das tückische Torfmoos an, reckt sich, streckt sich, quillt und schwillt, überspinnt die toten Stämme, zernagt sie und frißt sie endlich ganz auf, und da, wo einst Fichte bei Fichte stand, in der die Meisen pfiffen, läßt der Wiesenpieper über kahlen Moorflächen sein ödes Gesinge erschallen, der Birkhahn führt im Frühling seinen Minnetanz dort auf, und im Frühherbste schreit hier der edle Hirsch.

Wer aber sieht den Birkhahn tanzen und springen und schaut zu, wenn der Platzhirsch dem Nebenbuhler heiser röhrend entgegenzieht? Wer kennt den einsamen Hasen, der zwischen den Trümmern der Granitkuppe wohnt, die unterirdische Gewalten einst sprengten und deren Reste bis nach Wernigerode und Ilsenburg rollten? Nur wer am Pflanzenwuchse erkennen kann, wo er den Fuß hinsetzen darf, ohne im Torfschlamm zu versinken, sieht das Reh das junge Gras äsen und belauscht den Urhahn, der sich im feinen Steingeröll badet, während die Henne im Heidelbeerbuschwerk ihre Brut den Käferfang lehrt. Er hat seine Nükken und Tücken, der Berg. Lose aufeinandergeschichtet ist das wilde Trümmerwerk, und hier ist die Torfdecke fest und sicher; daneben reichen drei Bergstöcke nicht aus, den weichen Schlamm abzuloten. Und darum wird der große Troß der Brockenfahrer niemals das geheime Leben des Brockens kennenlernen, sondern sich an den sicheren Wegen genügen lassen und an der Aussicht und der trefflichen Küche dort oben, und nichts wissen von den geheimen Schönheiten seiner verschwiegenen Moore.

DER BACH

Die Klippe ist dem Bache ein Ärgernis; seit ewigen Zeiten versperrt sie ihm den Weg.

Wenn seine Wellen, die weiter oben und unten meistenteils gemütlich plaudernd dahinrieseln, bei ihr anlangen, so bekommen sie jedesmal einen Wutanfall.

Dumpfe Verwünschungen murmeln sie, und wilde Flüche sprudeln sie heraus, sie schäumen vor Zorn und geifern vor Grimm, und wie Zähneknirschen klingt das Knirren und Knarren des Gerölles, das sie mit sich führen.

Aber oben auf der Klippe inmitten des spritzenden Gischtes sitzt Knickschen und singt sein Lied, singt sein Lied trotz Eis und Schnee, singt ein Stück Frühling in den Winter hinein, ein bißchen Frohsinn durch das Wellengegrolle, ein wenig Liebe über dem Haß zwischen Wasser und Fels.

Keck sitzt es da, die blütenweiße Brust der Sonne zugekehrt, und schwatzt und plaudert halblaut sein schnurriges Liedchen vor sich hin, macht einen Knicks, schnellt das Stummelschwänzchen auf und ab und zwitschert weiter, als wenn keine Eiszacken an den Tagwurzeln der Fichten blitzten und die Jungbuchen keine Schneebälle trügen.

Die Vormittagssonne steht hell am blauen Himmel und bescheint die verschneiten Fichten an der Steilwand, vor der die roten und gelben Kreuzschnäbel, die dort jetzt brüten, mit lauten Lockrufen auf und ab fliegen. Ab und zu rasselt ein Samenzapfen, den sie abbissen, durch das Gezweig und reißt den Schnee herunter, der polternd zu Boden fällt. Die Wasseramsel kümmert sich nicht darum. Aber nun beginnt die kleine Meise, die in den Waldrebenranken umherturnt, heiser zu zetern. Blitzschnell dreht Knickschen sich um sich selbst, schnarrt trocken und schwingt sich nach dem anderen Ufer, denn zwischen den Brombeerstauden schnüffelt, nur einen Fuß von ihm entfernt, das Hermelin umher, und dem ist nicht zu trauen.

Fortwährend schnarrend sitzt die Wasseramsel auf einem angetriebenen Aste, der sich in einer Felsspalte verfangen hat, und macht dem weißen Wiesel einen höhnischen Diener nach dem andern, bis dieses, durch das Zetern der Meisen und das Schimpfen des Zaunkönigs verärgert, unter den Wurzeln verschwindet. Da schnurrt Knickschen wieder auf seine Klippe, bleibt dort einen Augenblick sitzen, späht dann unter sich und stürzt sich kopfüber in das tiefe, grüne Stillwasser zwischen den schäumenden Strudeln. Mit drei Flügelschlägen schwimmt es dem Flohkrebschen nach, das es erblickte, faßt es, taucht mit ihm vor einem halbüberspülten Steine am Ufer auf und schluckt es hinab.

Sofort ist es wieder in dem strudelnden Seichtwasser zwischen den abgerollten Steinen, rennt hurtig dahin, fischt hier eine Mückenlarve, da einen Wasserkäfer, dort ein Müschelchen, watet bis an die Brust in das ruhige Wasser, stochert mit dem Schnabel zwischen den rötlichen Flutwurzeln der Ellern umher, wo es allerlei kleines Getier erwischt, Köcherfliegenlarven, Wassermilben, Schnecken, schwimmt, wo das Wasser tiefer wird, darin umher, wie eine Ente gründelnd, taucht dann gänzlich unter, rennt auf dem Grunde hin, stöbert dort ein Weilchen umher, erscheint trocken und sauber, als sei das Wasser nicht naß, und so fröhlich, als sei es auch gar nicht kalt, wieder auf einem Steine und singt los, als wären die Ufer voller Blüten und als sprängen an den Büschen die neuen Blätter aus den Knospen.

Den Eisvogel, der wie ein lebendiger Edelstein dahinfunkelt und mit scharfem Schrei das verworrene Geräusche des Baches durchschneidet, würdigt die Wasseramsel kaum eines Blickes, und auch die beiden gelbbrüstigen Bergbachstelzen aus Nordland, denen der Winter hier mild genug erscheint und die lustig von Stein zu Stein trippeln, regen sie nicht auf; aber nun schnurrt sie mit kurzen Flügelschlägen bachabwärts und fährt auf eine ihrer Art los, die sich in ihr Gebiet gewagt hat. Bis zu der Mühle treibt sie sie hin, und darüber hinweg, und erst da, wo der Bach breit und behäbig zwischen den

Pappeln dahinplätschert, läßt sie ab, nimmt auf einem Blocke Platz und glättet ihr Gefieder, das bei der Balgerei ein wenig in Unordnung kam.

Doch der Tag ist kurz, die Kälte zehrt und die Nahrung ist sparsamer als zur sommerlichen Zeit. Sie erhebt wieder ihr Gefieder, durchfliegt, ohne sich zu besinnen, die brausenden Wassermassen, die über das Wehr stürzen, liest von dem nassen, moosigen Gebälke die Schnecken und Larven ab, stürzt sich in den Kolk, rennt auf dessen Grund umher, sitzt plötzlich wieder zwischen den schäumenden Wellen auf einem angespülten Holzblocke, fliegt zu den Pappeln hin, huscht unter den hohlgewachsenen Wurzeln hin und her, bis des Müllers Katze, die dort angeschlichen kommt, sie vertreibt, und so nimmt sie sich wieder auf und kehrt zu ihrem Lieblingsplatze, der Klippe im Bache, zurück, unter der der Strudel all das Gewürm zusammentreibt, das die Wellen auf ihrem Laufe mit sich rissen.

Da treibt sie ihr munteres Wesen den ganzen Tag über, jetzt über die Uferklippen trippelnd, nun in dem niedrigen Wasser watend, auf dem Grunde des Baches einherrennend, oder wie ein Fisch seine Flut durchschwimmend, stumm auf einem Stein sitzend, schieben sich die Wolken vor die Sonne, lustig singend, wird der Himmel wieder heiter. Doch wenn es Abend wird, wenn die Mäuse im Fallaube pfeifen und das Käuzchen in den Weiden ruft, dann fliegt Knickschen nach der Mühle hin, stürzt sich in die tosenden Wassermassen, die über das Wehr hinfallen, und birgt sich dort, sicher vor Wiesel und Iltis, in einem Balkenwinkel. Dort wird sie, wenn die Finken wieder schlagen und die Drosseln pfeifen, und sie sich gepaart hat, auch ihr weiches, warmes, rundes Nest bauen, ihre schneeweißen Eier legen, sie ausbrüten und ihre Brut aufziehen, damit ihr Geschlecht nicht aussterbe, daß sie wintertags, wenn es stille an dem Bache ist, den Menschen mit ihren lustigen Liedern erfreue, unbekümmert darum, daß es rohe Tröpfe darunter gibt, die dem lieben Vogel mit Pulver und Blei nachstellen, weil irgendein törichter Bücherschreiber ihr nachgesagt hat, daß sie ein böser Feind der Forellenbrut sei.

Zwar ist das nicht an dem, und wenn es so wäre, reichlich machte durch fröhliches Singen und lustiges Benehmen die paar Fischchen Knickschen wieder wett, des Bergbaches reizendster Schmuck.

DER ÜBERHÄLTER

Nicht weit von dem Waldrande, eingeschlossen von Dikkungen und Stangenörtern, steht ein alter Eichbaum.

Mit knorrigen Wurzeln, die wie ein Haufen von Schlangen übereinanderkriechen, hält er sich in der Erde fest. Sein hochschäftiger Stamm trägt eine lange, breite, aber gut verheilte Narbe von der Wunde, die ihm der Blitz schlug, der auch einige der Äste in der krausen Krone tötete, die nun als kahle Hornzacken starr gegen den Himmel stehen.

Einst standen viele solcher Eichen hier; dieses ist die letzte. Sie stand schon, als der Adler hier noch horstete, als der Uhu hier noch jagte, als der Wolf noch aus dem Walde brach und die Schafe riß, als die Wildkatze nächtlicherweile das Unterholz verließ, um auf Raub auszugehen. Hunderte und Hunderte von alten Eichen und knorrigen Hagebuchen standen an Stelle der Fichten- und Rotbuchenörter und boten in ihren Höhlungen Kauz und Hohltaube, Blauracke und Wiedehopf Brutgelegenheiten die Menge. Unter den Eichen stockten Schlehen, Weißdorne und Stachelbeerbüsche und bildeten dichtes Gehege für die Schnepfe, die in dem Dung der Kühe und Schweine, die hier zur Weide getrieben wurden, reiche Nahrung fand.

Es kam eine andere, holzhungrige Zeit. Alle die alten Eichen fielen unter Axt und Säge. Als die Hohltaube, die Blauracke und der Wiedehopf wiederkehrten, fanden sie keine Bruthöhlen mehr und verzogen anderswohin; der Kauz aber paßte sich der neuen Zeit an und bequemte sich dazu, in einem alten Krähenneste zu brüten. Der Waldschnepfe gefiel es dort auch nicht mehr, denn die Dornbüsche wurden ausgerodet, das Vieh ging nicht mehr auf Weide in den Wald, und so blieb auch sie fort.

So war es eine Zeitlang öde und still da. Dann bedeckten sich die Kahlschläge mit Fichten- und Buchenjugenden, es wurden allmählich Stangenörter daraus, und die wuchsen, bis sie zu Altholz wurden, und ein neues Leben webte im Walde. Vielfältig war es zwar, doch nicht so bunt und so reich wie ehedem. Der Buchfinken und Amseln wurden so viele, wie es einst Dompfaffen und Singdrosseln gab. Statt der Hohltaube rückte die Ringeltaube ein, Krähen ersetzten die Dohlen, die Häher die Racke, der Star den Wiedehopf, der Fasan die Schnepfe.

Auch die letzte alte Eiche, die stehen geblieben war als Wahrbaum für die Landmesser, bekam andere Gäste. Die Zeiten, daß der Adler von ihrem Wipfel aus Umschau hielt und der Uhu in ihrem Geäste den Igel kröpfte, waren schon lange vorbei, desgleichen die Tage, da der Waldstorch sich in ihr einschwang und der Wanderfalk in ihr horstete; sogar der Gabelweih, der einst so gern auf ihren Hornzacken fußte, und der Kolkrabe, der von da aus Wache hielt, blieben mit der Zeit aus, denn die neue Zeit litt nicht mehr, daß sie am Leben blieben.

Immer aber ist sie noch von allen Bäumen im ganzen Forste der, der die meisten Freunde hat, ganz gleich, ob sie in vollem Laube steht oder ihre nackten Äste wie wunderliche Runen gegen Himmel reckt. Der Falke aus Nordland, der vorüberreist, rastet auf ihr, die Krähen aus dem Osten fallen auf ihr ein, wenn sie über das Land ziehen, die Stare pfeifen auf ihren Hornzacken, wenn der Frühling kommt, und wiederum, ehe der Herbst hereinbricht. Sie sucht sich der Schwarzspecht, will er sich ein Weibchen ertrommeln, und der Grünspecht, läßt er sein Werbegejauchze erschallen, in ihrem Geäste halten die Häher Schule ab, und auf ihrer Spitze sitzt an schönen, windstillen Mittagen der Pfingstvogel und singt so zart und fein wie eine Grasmücke.

Alles Geflügel, das in dem Forste sein Unterkommen hat, besucht den alten Baum einmal. Lebt auch das Rotkehlchen im unteren Holze, im Vorfrühlinge schwingt es sich ganz oben in den Überhälter und läßt von da sein silberhelles Lied in die Dämmerung hinunterrieseln. Die Dorngrasmücke, die im Gestrüppe wohnt, und sogar der Zaunkönig, der sonst nur am Boden haust, bekommen auch dann und wann den Einfall, in das krause

Geäst zu flattern und von da herab ihre frischen Weisen erklingen zu lassen, und die Amsel sucht sich nicht minder als die Singdrossel den höchsten Ast, singt sie dem einschlafenden Tage das Schlummerlied.

Es vergeht nicht eine Stunde zur Sommerszeit, daß der alte Baum nicht neuen Besuch erhält. War es eben der Trauerfliegenschnäpper, der lustig in ihm sang, so ist es jetzt der Gartenrotschwanz. Eben jubelte der Mönch dort, nun trillert das Müllerchen da. Vorhin rutschte der Baumläufer an dem Stamm entlang; jetzt klettert die Spechtmeise dort umher. Fuhr gestern der Habicht aus dem Laube und schlug die Krähe, so schießt heute der Sperber dort hervor und greift die Amsel. Vor einem Weilchen schmetterte der Schwirrlaubvogel, wo hinterher der Weidenzeisig rief, und ihm folgte der Fitis. Der Hänfling löst den Stieglitz, diesen der Buchfink ab. Dem Goldammer folgt der Feldspatz, und dann sitzt der Kuckuck da, ruft laut und fliegt immer noch rufend in den Stangenort, und wo er saß, läßt sich der Täuber nieder und ruckst. Dann klopft der Buntspecht an einem toten Aste herum, die Kohlmeise kommt und pickt nach Käferlarven, die Blaumeise folgt ihr, und ihr die Sumpfmeise, und schließlich fällt ein Kernbeißer ein, rastet einen Augenblick und fliegt weiter. So geht es den ganzen Tag, und auch bei der Nacht bekommt die Eiche bald von dem Waldkauz, bald von der Ohreule Besuch.

Auch an anderem Leben mangelt es ihr nicht. Tagsüber turnen die Eichkatzen gern in ihr hin und her, und alle paar Nächte erklimmt sie der Marder. Unter ihrem Wurzelwerk wohnt die Waldmaus, und deshalb stöbert das Hermelin dort gern herum. Die Waldeidechsen sonnen sich gern auf den Wurzelknorren, und eine dicke Kröte hat dort ihren Unterschlupf, denn an Nahrung gebricht es ihr hier nie. Zwar an den stolzen Heldenbock, dessen Larven den Stamm kreuz und quer durchlöchert haben, und gar an den wehrhaften Schröter, der so gern an dem gegorenen Saft, der aus dem Rindenrisse quillt, leckt, wagt sie sich nicht, auch nicht an die Trauermäntel und Admirale, die um den Stamm flattern, und noch weniger an die Hornissen und Wespen, die dort ebenfalls umherfliegen, aber die blauen und grauen Schmeißfliegen und das viele andere kleine Volk, das hier schwirrt und flirrt und krimmelt und wimmelt, ist ihr verfallen, sobald es in den Bereich ihrer Klappzunge gerät.

Immer und immer lebt es um den alten Baum. In seinen Rindenritzen birgt sich das Ordensband, an seinem Stamme haften die grünen Wickler, klettern die Puppenräuber, huschen die Mordwespen, und wintertags, wenn die Dämmerung früh in den Wald fällt, ist um seinen Stamm ein wildes Geflatter von bleichen Frostspannermännchen, die auf der Weiberjagd sind. Kommt dann der Morgen, so rücken die Meisen heran, geführt von einem Buntspechte, gefolgt von Goldhähnchen und Baumläufern, und sorgen dafür, daß das Geschmeiß sich nicht so sehr vermehre, daß es im Mai dem Baume alle jungen Blätter nimmt.

Viele tausend Eichen stehen in dem Forst, keine aber ist so alt und so ehrwürdig wie der Überhälter. Doch sein Kern ist rotfaul, sein Stammholz von Larven durchwühlt. Die große Ameise zernagt ihn und Pilze fressen an seinem Marke. Noch einige Jahre oder Jahrzehnte wird er sich halten, mit knorrigen Wurzeln die Erde pakken und starre Hornzacken gen Himmel recken. Aber eines Jahres wird der Blitz ihn fällen oder der Sturm ihn zerbrechen, den alten Überhälter, dessen Astrunen so schön von den Tagen sprachen, da noch der Adler hier hauste und der Uhu des Nachts seinen Waidruf erschallen ließ.

DER FELDTEICH

Mitten im Felde liegt ein mäßig großer Teich. Eine doppelte Reihe alter, hohler, krummer Kopfweiden faßt ihn auf der einen Seite ein, drei mächtige Schwarzpappeln halten gegenüber Wacht.

Ein Drittel des Teiches ist von Schilf, Kalmus, Schwertlilie, Rohr und Pumpkeule erfüllt, die ein undurchdringliches Dickicht bilden. Vor ihnen bedecken Mummeln und Nixenblumen den Wasserspiegel, desgleichen Laichkraut, Schwimmknöterich und Froschbiß. An einer Stelle erheben sich in Menge die harten, zackigen Blätterbündel der Krebsschere, dunkel gegen den lichten Teppich von Wasserlinsen abstechend.

Allerlei Vogelvolk, das dort reichliche Nahrung findet, bewohnt das Röhricht. Jahr für Jahr bringt ein Stokkentenpaar seine Jungen hier aus. Auch die Wasserralle brütet hier, dann noch je ein Paar Teichhühner und Zwergtaucher. Ein Rohrammerpaar lebt dort ebenfalls, und vier Arten von den kleinen Rohrsängern, darunter der sonderbare Schwirl, der wie eine Heuschrecke schwirrt, und ein Pärchen des Drosselrohrsängers, der mit hartem, scharfem, herrischem Rufe alle anderen Stimmen übertönt, sogar das gellende Gemecker der Laubfrösche und das breite Geplärre der Wasserfrösche.

Wenn es Abend wird und die Unken anfangen zu läuten, dann erschallt aus dem Geröhr ein ganz seltsamer Ton. Er ist nicht leise und ist auch nicht laut, und wenn es eben scheint, er käme aus dem Wasser, so klingt es gleich darauf, als ob er aus der Luft ertöne. Ein ganz tiefer, dunkler, unirdischer Laut ist es, unheimlich zugleich und gemütlich dabei, drohend und zärtlich gleicherweise, ein verhaltenes, gedämpftes, halblautes „Uh“, das in streng abgemessenen Pausen hörbar ist.

Von den Pappeln meldet das Käuzchen den Abend an; im Weidicht singt das Blaukehlchen; lauter kiksen die Teichhühner, stärker plärren die Frösche, und im

Röhricht schnattern und panschen die Enten. Da raschelt es im Schilfe, ein sonderbarer Vogel stiehlt sich hervor und schleicht am Rande des Röhrichts schnell und sicher über die Seerosenblätter. Ganz schmal und glatt ist er, und tief gebückt hält er sich. Ab und zu schnellt sich der Hals lang aus den Schultern heraus, und der lange, scharfe, spitze Schnabel schnappt irgendeine Beute aus der Luft oder aus dem Wasser.

Der dumpfe Ton in der Mitte des Dickichts kommt näher und wiederholt sich häufiger. Es rispelt und krispelt in den harten Halmen, und plötzlich schwebt ein Vogel, dem gleichend, der jetzt in dem Schilfe verschwindet, herbei, und taucht ebenfalls dort unter, wo der andere sich verkroch. Dann gibt es ein lautes Rauschen und Rascheln, wilder, öfter ertönt das dunkle „Uh, uh, uh“, und jetzt zickzacken die beiden Zwergrohrdommeln über den Teich hin, vorne die Henne, dahinter der Hahn. Mit lautlosem eulenhaftem Fluge schweben sie dahin, jetzt geradeaus und langsam, nun nach rechts und links sich wendend und hastiger rudernd, und dann verschwinden sie mit Geraschel in den Pumpkeulen, um drüben wieder zum Vorschein zu kommen und bald über dem Teiche, bald über der Wiese ihr geisterhaftes Gaukelspiel fortzusetzen, bis sie dessen müde sind und der Hunger sie antreibt, sich mit allerlei Larven, Pferdeegeln, Schnecken und Kaulquappen die Kröpfe zu füllen und dann, faul und müde, angeklammert an einem Rohrhalme, zu schlafen.

Da hocken sie zwischen den gelben Blättern und sind in ihrer fahlen Farbe fast unsichtbar. Weckt sie ein verdächtiges Geräusch, so machen sie sich ganz lang und dünn und richten die Schnäbel steif in die Höhe, und erst, wenn bei der Suche auf Jungenten der Hund ihnen ganz nahe kommt, schlüpfen sie von Stengel zu Stengel und verbergen sich im dichtesten Röhricht, und es muß schon sehr schlimm kommen, lassen sie sich zum Auffliegen bewegen. Denn als reiner Nachtvogel scheut der Zwergreiher den Flug bei Tage. So spielt sich sein Leben in aller Heimlichkeit ab, und nicht oft kommt es vor, daß der Jäger ihn zu Gesicht bekommt und, verblüfft über den ihm unbekannten Vogel, ihn erlegt und dann nicht weiß, was er aus dem winzigen Reiherchen mit dem Eulengefieder machen soll. Steht er gar an dem Teiche auf streichende Enten an und vernimmt den dumpfen Ruf der Zwergdommel, so sieht er sich die Augen nach dem Tiere aus, das sich so sonderbar verkündet, ohne sich blicken zu lassen, rät auf dieses und das und bleibt so klug wie zuvor. Weil der Teich so weit entlegen ist, so kommt der Jäger selten zu ihm, und die Dommelchen fühlen sich so sicher, daß sie schon am Spätnachmittage fischen gehen, zumal wenn sie Junge haben. Da, wo das Röhricht am allerdichtesten ist, steht das wirre, unordentliche Nest auf einer breiten, hohen Riedgrasbülte, gegen den Himmel durch darüber geknickte Stengel gut vor den scharfen Blicken der Rohrweihe verborgen, die fast jeden Tag vorübergaukelt. Merkwürdige Geschöpfe sind die jungen Dommelchen, halb wie Igel, halb wie junge Krokodile aussehend mit den stacheligen Speilen und dem breiten, kurzen Schnabel. Immer haben sie Hunger, fortwährend gieren sie, und die Alten können gar nicht genug Pferdeegel, Kaulquappen, Jungfrösche, Wasserjungferlarven, Schnecken und Gewürm herbeischaffen und ihnen in die Kröpfe hineinwürgen. Das reichliche Futter setzt aber auch gut an. Die Kleinen bekommen jeden Tag dikkere Bäuche und längere Schnäbel, die schimmelartigen Daunen fallen aus, die Speile platzen und lassen die Federn hervorbrechen, und bald verlassen die Jungen das Nest und klettern den Eltern entgegen, wenn die mit vollen Kröpfen herangeschlüpft kommen.

Schließlich naht der Abend heran, an dem die junge Brut sich darauf besinnt, daß sie nicht nur Zehen zum Klettern, sondern auch Schwingen zum Fliegen hat, und es beginnt erst ein unbeholfenes Geflatter und Getaumel, bis von Nacht zu Nacht der Flug der Jungen sicherer und länger wird und sie es den Alten gleichtun. Dann aber verlassen sie alle den Teich und ziehen erst zusammen unstet von einem Röhricht zum anderen, um sich schließlich zu teilen und jeder für sich erst langsam, dann eiliger, Nacht für Nacht dem Süden zuzurükken, um dort, entweder in den Schilfbrüchen Südeuropas oder gar in den Sümpfen Afrikas, den Winter zu verbringen.

Im Frühling aber treibt es sie wieder zurück, und aus dem Rohrdickichte des Feldteiches ertönt dann aufs neue ihr dumpfer Ruf, den keiner kennt und den niemand zu deuten weiß.

DER BERGWALD

Zwei Gesichter hat der Berg. Ernst ist sein Südabhang. Kein Ort unterbricht die grüne Gleichförmigkeit seines steilen Hanges. So unnahbar sieht er aus, daß keine der bunten Ortschaften im Auetale es wagte, sich ihm zu nähern: Sein ernstes Gesicht jagte sie nach den Weserbergen hin.

Ein ganz anderes Antlitz hat der Berg nach Norden hin; da ist nichts von Unnahbarkeit, von abweisender Schroffheit zu spüren. In langsamen Absätzen steigt er zu Tal, und so kletterten die Ansiedlungen hoch an ihm empor, trieben ihre Häuser, Äcker und Felder in seinen Wald und brachten viele Farben in seine grüne Gleichförmigkeit, rote Dächer und weiße Rauchwolken, aus kühn emporstrebenden Schloten hervorquellend, einer regen Industrie fröhliche Banner.

Außer diesen beiden großen Gegensätzen zeigt der Berg aber noch viele anderer Art. Hier, wo die düstere Fichte herrscht, ähnelt er dem Oberharze; nebenan, wo die Buche das große Wort führt, gleicht er den Weserbergen, und weiterhin, da, wo Buche und Eiche sich mengen und ein Bach rieselt, erinnert er an die Bergwälder Thüringens. Dann aber wieder tritt die Kiefer auf heidwüchsigen Flächen auf, und wer die Beschaffenheit des Bodens nicht beachtet und die Steine übersieht, der könnte meinen, er sei in einem der hochgelegenen Geestwälder der Lüneburger Heide, vorzüglich im Vorherbste, wenn der Honigbaum blüht.

Aber auch um die jetzige Zeit kann man sich dort in die Heide träumen, weil gerade so wie dort das düstere Gezweig der Kiefern goldene Schossen treibt und über den heidwüchsigen Rodungen die Birke ihr grünes Blättergeflatter bewegt, während rundumher der Baumpieper schmettert, im Dickicht Haubenmeisen zwitschern und kollern, der Laubvogel sein wehmütiges Lied flötet und von der blauen Höhe eine Heidlerche süß singt. Ganz so wie in der fernen Heide blitzen goldgrüne Käfer über die sonnigen Schneisen, tanzen die krausen Schatten der Kiefern auf der weißen Fahrstraße, schweben düstere Falter über das spitze Gras.

Der Eindruck bleibt auch noch im raumen Stangenorte, dessen Boden bunt ist von den hellgrünen Bickbeerensträuchern und dem rostroten Dürrlaube des Adlerfarns. In allen Kronen piepsen unsichtbare Goldhähnchen, überall leuchten die roten Mordwespen, der Wind erfüllt den Wald mit dem behäbigen Gebrumme, wie es nur die Kiefer kann, und die Sonne entlockt ihm den eigenen Duft von Kien und Juchten, den nur der Heidwald ausströmt.

Dann, auf einmal, ist etwas da, was nicht in den Heidwald gehört. Ein großer, rostroter Falter fegt mit wildem Zickzackfluge über das leuchtende Bickbeergrün, hastet zwischen den rotschimmernden Stämmen hindurch, saust über das schattige Gestell, taumelt an den Birken vorbei und verschwindet dort, wo das lachende Laub einer Buche auftaucht. Denn das ist sein, des Hammerschmieds, Baum; mit den Kiefern und Birken will der seltsame Schmetterling nichts zu tun haben, der auf den Flügeln in blauen Feldern vier weiße Halbkreuze trägt. Die Buche ist sein Baum, und wo sie herrscht, da ist seine Heimat. Ihr strebt er zu.

Jäh bricht der Kiefernwald ab und macht dem Buchenwalde Platz. Hier und da hat sich noch eine Kiefer vorgewagt, einige Birken ringen sich zum Lichte, eine Eiche schafft sich mit rücksichtslosen Ästen Raum, aber weiterhin herrscht der grüne Schatten, den nur die Buche gibt, der keiner Blume, es sei denn, daß sie sich von Moder nährt, das Leben gönnt, der alles grüne Leben am Boden in muffigem Fallaube erstickt. Verschwunden sind die frohen Käfer und die lustigen Schmetterlinge, verhallt sind des Piepers und der Goldhähnchen Lieder; eines einzelnen Finken Schlag klingt verloren in der Stille, und ein Häherruf unterbricht auf einen Augenblick das schwere Schweigen.

Hart neben dem Buchenwalde erhebt sich wie eine schwarze Mauer das Fichtenaltholz, kalt und tot wie ein Gefängnis. Lautlos treten die Füße über die weichen, braunen Matten des Bodens. Hier und da ist ein heller Fleck, als fiele aus einem Dachfenster ein karges Licht, und läßt ein Büschlein Schattengrases, einen Bickbeerenhorst, eines Farnes frohes Blattwerk weithin wirken. Oder es fällt von obenher ein Vogelruf in das kalte Schweigen, oder ein langer blauer Sonnenstrahl überschneidet schräg die düsteren Stämme, bemalt sie mit Gold, macht aus dem toten Zweigwerk ein silbernes Netz und aus dem Bock, der langsam dahinzieht, ein fabelhaftes Wesen von lodernder Glut.

Dort aber, wo das Bächlein sich abhastet, um aus dem Bergwalddunkel in das lachende Land zu kommen, springen die Hainbuchen hinzu und stellen sich rechts und links daneben, damit es sich vor den ernsten Fichten nicht allzusehr grusele. Sie spreizen ihre Zweige weit von sich, damit der Mönch und Zaunkönig etwas Sonne haschen können und nicht ganz ihre kecken Lieder verlernen, und auf daß dort auch allerlei gutes Kraut wachsen könne, damit Has und Reh bei Tage Äsung finden.

Hinter dem Bache, wo die Talwand steil emporstrebt, ist ein wilder Kampf zwischen allen Bäumen, die es im Berge gibt. Da zanken sich Buche und Kiefer um den besten Platz, und während sie streiten, schleicht sich die Birke zwischen sie, und auch die Lärche findet sich ein, bis dann wieder die Eiche hinzutritt und die anderen beiseite schiebt. Und während sich die großen Herren balgen, hat es das kleine Volk gut, und so sprießt Pfeifengras und Adlerfarn, Bickbeere und Eberesche, Heidecker und Siebenstern, weil die uneinigen Bäume ihnen nicht, wie im geschlossenen Bestande, alles Licht und jedes bißchen Luft wegnehmen.

Darum gefällt es der Amsel dort auch so ausnehmend und der Graudrossel nicht minder, Mönch und Zaunkönig und Fink sagt es dort ganz besonders zu, und die drei Vettern, der schwirrende Laubvogel des Buchenwaldes, der Weidenlaubvogel aus dem Birkengebüsch und des Kiefernwaldes Fitis finden sich hier zusammen und veranstalten einen ergötzlichen Gesangswettstreit; aber die Finken übertönen sie, des Rotkehlchens silberhelles Lied kommt auch noch voll zur Geltung, von der

Blöße her mischt sich die Braunelle ein, der Pieper macht sich kräftig bemerkbar, und das Geplauder des Grauhänflings bringt neues Leben hinzu.

Oben auf der Rodung ist eine andere Welt. Die Sonne liegt auf der weiten, ringsum von dunklen Fichten eingefaßten Blöße, und es ist still und verlassen dort. Aus himmelhoher Luft kommt eines Seglers spitziger Ruf, irgendwo lockt traurig ein Vogel, ein weißer Schmetterling flattert, wie verängstigt, über die Ödnis, und der grüne Buchenhorst sieht aus, als hätte sich Bäumchen an Bäumchen gedrückt, aus Furcht vor der Einsamkeit, die von allen Seiten auf sie eindringt. Unheimlich klingt vom fernen Tann des Taubers dumpfer Ruf.

Doch hinter der blanken Blöße, wo ein Hohlweg den Boden zerschneidet, an dessen Abhängen Farne winken, Silberweiden schimmern und der Bergholder mit lichten Dolden prahlt, oder dort, wo ein Eichenhain mit lustiggrünenden Ästen sich lichtet, und hier, wo die Buchen so weit stehen, daß die Sonne über den Boden Macht hat, oder dort, wo der alte Steinbruch gähnt, und weiterhin, wo fleißige Hände im neuen Bruche schaffen und unfern davon der Wald vor dem Abhange zurückprallt und von grasiger, hellgeblümter Halde der Blick hinunter in das Tal und hinüber zu den Bergketten reicht, da ist trotz aller Bergwaldheimlichkeit Leben und trotz des Lebens Waldheimlichkeit.

Wenn auch Maschinenwerk knarrt und klappert oder froher Wanderer Stimmen von der Wirtschaft herschallen, ein Viertelstündchen weiter ist wieder die Einsamkeit zu finden mit Wipfelrauschen, Bussardruf und Vogellied, wo nur die reihenweise Gliederung des Waldes, die Wegeführung und die Wagenspur von Menschen und Menschenwerk reden und den Wanderer nicht zu jenem bedrückenden Gefühle der Verlassenheit kommen lassen, das ihn beschleicht, schweift er im pfadlosen Moore oder in der ungeteilten Heide. Er weiß, daß der Weg ihn zu Menschen bringt, ihn zum Abhange des Berges führt, dorthin, wo sich Ort an Ort reiht, an den Südhang oder dahin, wo tief im Tale der Aue die Straße von Dorf zu Dorf geht.

Und so wird der Berg jedem gerecht, der ihn aufsucht. Der menschenmüde Waldfahrer kann stundenlang schweifen, ohne gestört zu werden, und der frohe Wanderer kann sich des stillen Waldes freuen, während vom Hange her rote Dächer ihn grüßen und vom Tale aus der Pfiff der Dampfpfeife und das Rollen der Räder ihm meldet, daß ein kurzer Weg ihm wieder Gesellschaft bringe.

DAS BRANDMOOR

Hohe alte Birken begleiten die feste Straße, die durch das Dorf führt; ihre dünnen, lang herabhängenden Zweige pendeln im lauen Winde langsam hin und her.

Nördlich des Doppeldorfes endet die feste Straße, hören die alten Birken auf. Der Knüppeldamm beginnt; jüngere Birken mit krausen Kronen besäumen ihn. Die Torfschuppen, die Häuser, die Gemüsegärten, die Kleewiesen bleiben zurück; das Moor allein herrscht noch. Weit und breit liegt es da, zur linken Hand von Wald begrenzt, rechter Hand von der hohen Geest umschlossen.

Gewaltige Torfmieten, hier von hellbraunem Neutorf, dort von dunklem Alttorf gebildet, erheben sich rechts und links von dem mit graubraunem Staub bedeckten Damm, den ein schmaler Strich blühenden Heidkrauts einfaßt. Hier und da starren Haufen von ausgegrabenem Wurzelwerk, Reste eines alten Waldes, der vor Jahrhunderten von dem Torfmoose aufgesaugt wurde. In den abgebauten Abstichen wuchern Binsen und Rischbülten; zwischen ihnen stockt junger Birkenaufwuchs.

Es ist stiller im Moore geworden. Die Hunderte von fremden Arbeitern, die noch vor kurzem hier schafften, sind in ihre Heimat gezogen. Nur dort und da sieht man noch die weißen Hemdsmaugen und die hellen Fluckerhüte einheimischer Torfarbeiter aufleuchten. Die Bienen läuten, die Moormännchen zirpen, die Hänflinge schwatzen, die Heuschrecken geigen, und zwitschernd schießen die Schwalben in lockeren Verbänden über den weiten, breiten, von den blühenden Moorhalmen bräunlich gefärbten Plan.

Immer noch begleitet fertiger Torf, geringelt oder aufgemietet, den Damm. Hinter dem allerletzten Hause, neben dem hohe Sonnenblumen eine fremde Farbe in das Land bringen, hört er dann auf. Noch einige Kleewiesen grünen, eine Roggenstoppel schimmert goldig, reifender Buchweizen schiebt sich bis an den Weg, durchsetzt mit den hohen, rosenroten Blütenrispen des Weidenröschens, und dann ist hier nichts als Moorhalm und Moorhalm und Moorhalm, dicht stehend, als habe Menschenhand ihn gesät.

Braune Lieschgrasfalter tanzen über den Weg, Trauermäntel spielen um die Stämme der Birken, Libellen flirren dahin, Sandkäfer blitzen auf. Stumm flattert ein bräunlicher Vogel von dem alten Wurzelknorren davon; der Steinschmätzer ist es, silbern leuchtet sein Schwanzgrund. Über dem alten Abstiche rüttelt der Turmfalk, auf eine Maus lauernd. In der Ferne schaukelt eine helle Weihe langsam dahin.

Die braunen Moorhalme machen der rosenroten Heide Platz. Stärker wird das Geläute der Bienen. Überall flattern winzige blaue und ab und zu auch ein goldroter Falter. Rundherum geigen die Grillen, zirpen die Moormännchen. Dann und wann flattert ein weißer Schmetterling dahin. Der Schrei einer dahinstreichenden Krähe sticht hart ab von den vielen kleinen, zu einer großen eintönigen Weise verbundenen Stimmen.

Zur Linken, wo der Handweiser steht, führt ein Querdamm. Hinter ihm ist die ganze Fläche von einem einzigen, grelleuchtenden Rosenschein erfüllt. So rot blüht die Heide nicht, und so hoch bollwerkt sie nicht. Weidenröschen sind es, Millionen, die das Moor bedecken und in Zauberfarben hüllen. Es sieht aus, als wäre das Morgenrot auf den Boden gefallen und dort liegengeblieben. Ein einziges himbeerrotes Blumenbeet ist die weite Fläche.

Denn da war im vorigen Jahre der große Brand, der von Pfingsten bis in den Winter hinein währte. Dreihundert Morgen Moor verkohlten bis auf den Sandgrund. Alle Arbeit war vergebens; es währte weiter, brannte noch unter dem ersten Schnee langsam fort. Die Menschen konnten nur dafür sorgen, daß das Feuer den Damm nicht übersprang; dann wäre bei der Trockenheit das gesamte Moor ausgebrannt, und aus wäre es gewesen mit der blühenden Torfindustrie in der ganzen Gegend.

Endlich erstickten Regen, Schnee und Frost den Brand, der ein halbes Jahr gewütet hatte. Auf die schwarze Torfkohle und die gelbe Asche flogen, vom Winde getrieben, die wolligen Samen des Weidenröschens von allen Seiten, klebten dort fest und warteten, bis es Frühling wurde. Dann keimten sie und bedeckten den schwarzen, gelbgefleckten Brandplan mit frischem Grün. Als es dann Sommer war, sprossen daraus lange Rispen, ganz mit rosigen Knospen bedeckt. Die sprangen dann auf, und da, wo es im Jahre vorher rot flakkerte und weiß qualmte und dann schwarz starrte, blüht und glüht und leuchtet es nun von morgenrotfarbigen Blumen.

Wunderschön sieht das aus, doch der Bauer, der uns begegnet, blickt mit bösen Augen danach hin. Milliarden von weißflockigen Samenkörnchen wird der Herbstwind über das Moor führen und da abladen, wo später Hafer und Buchweizen wachsen soll; das wird ein schlimmes Dreschen werden, wenn sich die Samenwolle in das Getriebe der Maschinen setzt und ihr Staub die Lungen der Menschen erfüllt, daß sie vor Atemnot bei der Arbeit umfallen. Schon hat hier und da eine Staude die roten Blumen in weiße Flocken verwandelt, dort hinten sieht eine ganze Fläche aus, als läge Schnee darauf, und bald wird das ganze weite, breite, rosige Blumengefilde ein weißes Feld sein, und hinterher wird ringsherum das Moor silbern schimmern von den verwehten Samenfederchen.

Noch aber blüht es in rosiger Pracht über der schwarzen, von Algenanflug und Jungmoos seltsam und unheimlich gefärbten Fläche. Gespenstig starrt dort ein hoher, verkohlter Baumstrunk in die Luft, von dem der Raubwürger Umschau hält und mit klirrendem Warnruf weiterstreicht, wie wir ihm uns nähern. Das aber, was da schwarz und steif wie ein verbrannter Stamm das große rosige Blumenbeet überschneidet, ist der Schäfer, der da, auf seinen Stab gelehnt, steht und strickt. Neben ihm liegt sein gelber Hund, und die Schnucken weiden die junge Heide ab, die zwischen den verkohlten Stengeln ausgeschlagen ist.

Schlimm hat das Feuer gewütet. Der Damm ist bestreut mit armdicken, verkohlten Knüppeln, den Resten der in langer Arbeit hergestellten Befestigung der Moorstraße. Daneben steht ein verkohlter Stuken bei dem anderen. Bis auf den Sand, auf dem der von dem Torfmoose begrabene Wald stand, ist der Torf ausgebrannt, so daß die Sümpfe nach jahrhundertelanger Verborgenheit wieder zutage traten. Drei Jahrzehnte wird es dauern, ehe hier wieder abbaufähiger Torf gewachsen ist. Der zarte grüne Anflug, der den schwarzen Grus und die gelbe Asche überzieht, ist der Anfang dazu. In einigen Jahren werden hier zwischen den Binsen und dem Wollgrase die hellen Torfmoospolster schwellen, nach unten absterben, nach oben weiterwachsen und langsam zu einem einzigen großen, nassen Kissen zusammenquellen.

Hier in den alten Abstichen wächst der Torf schon wieder. In dem einen schwimmen, von den goldgelben Lippenblüten des Wasserschlauchs überragt, dichte Torfmoosballen. Der andere daneben ist ganz ausgefüllt von den saftiggrünen Blättern und den breiten weißen Löffelblumen des Schweineohrs. Was vermodert und zu Boden sinkt, wird erst Schlamm und dann Torf, und darauf wächst das Torfmoos, bis es den Rand des Kolkes erreicht hat, über ihn hinausquillt und immer höher wächst, die Binsen und das Risch an seinen Ufern überwuchert und höher und weiter wächst, und sich mit den benachbarten Torfmoospolstern vereinigt. Wo man jetzt trockenen Fußes geht, da wird es dann feucht und unwegsam, und je höher das Moor wächst, um so nasser und tiefer wird es werden. Da, wo jetzt das goldrot in der Sonne leuchtende Reh durch die rosenroten Blumen zieht, wird der Brachvogel stelzen und die Heerschnepfe brüten, und wo sich jetzt in dem Brandgrus das Birkwild badet, wird die Ente einfallen, und im Mai wird dort, wo heute eine rote Rispe neben der anderen steht, das Wollgras das Moor mit dichten weißen Flokken bedecken, daß es wie überschneit aussieht.

Dann, nach Jahrzehnten, wird der Torf wieder reif sein, und die Bauern werden ihn stechen, ringeln, in

Mieten häufen und, wenn er dürr genug ist, einfahren, wenn nicht, wie im letzten Sommer, wieder Feuer auskommt und alles hier eine rote Glut unter dem Boden und ein weißer Rauch über ihm ist, denn ein brennend fortgeworfenes Streichholz genügt schon, um das trokkene Gras zum Brennen und das Moor zum Glimmen zu bringen. Unter dem Heidkraut glüht der Brand dann in aller Heimlichkeit weiter, frißt und frißt und wächst und wächst, bis er so groß ist, daß an kein Löschen mehr zu denken ist und dem Menschen nichts mehr übrigbleibt als dafür zu sorgen, daß es nicht das meilenbreite Moor verzehrt.

Die Strahlen der Abendsonne fallen auf das große Blumenbeet; herrlicher als zuvor prangt es und glüht und leuchtet und verschwimmt, als wolle es sich von dem Boden losreißen, gen Himmel steigen und als Abendröte mit den Wolken verschmelzen. Und dabei ist es ein rosenrotes Leichentuch, das die Stätte bedeckt, wo die Birkhenne auf dem Nest verbrannte und das Rehkitz in die unterirdische Glut fiel und verkohlte, und um das herum die Bauern standen mit schwarzen, von Schweiß mit Striemen durchzogenen Gesichtern und rußigen Händen, mit bitteren Mienen in den Rauch starrten, aufseufzten und dann wieder darangingen, dem Brande zu wehren, damit er nicht weiterfräße und über das Jahr, soweit man sehen kann, alles ein einziges, wunderbares, rosenrotes Leichentuch sei.

DIE KIESGRUBE

Mitten in der Feldmark, weithin sich bemerkbar machend, ist ein heller Fleck. Das ist die große Kiesgrube, aus der das Städtchen seinen Bausand gewinnt.

Jetzt, zur späten Zeit im Jahre, herrscht nicht die bunte Pracht in ihr, wie an sommerlichen Tagen. Hier und da hat sich noch eine goldgelbe Rainfarnblüte vor dem Nachtfroste gerettet, eine schneeweiße Schafgarbe, eine himmelblaue Glockenblume, eine blutrote Kartäusernelke.

Dennoch aber fehlt es der Grube nicht an Farben. Über der gelben Steilwand, die von den Bruthöhlen der Uferschwalben wie ein Sieb durchlocht ist, prahlen die Schlehen mit hellblauen und die Weißdornbüsche mit feuerroten Beeren, und die junge Birke unter der Wand ist über und über mit goldenen Flittern behängt. Die Brombeeren vor ihr leuchten scharlachfarbig, die hohen Beifußstauden sind blutigrot, stumpfgrün starren die hohen Binsen, und wie Rubinen strahlen die Blättchen des Zwergampfers.

Auch an anderem Leben mangelt es nicht. Eben rüttelte der Turmfalke über der Stelle, wo eine Waldmaus aus dem bunten Steinhaufen rutschte und über die goldigschimmernden Moospolster hinweghüpfte. Er stieß herunter und strich mit der Maus in den Griffen ab. Dann schnurrte ein Flug von Feldspatzen heran, fiel in den Schlehdorn ein, lärmte ein Weilchen und stob feldeinwärts. Jetzt hüpfen ein paar Grünfinken unter den Klettenstauden umher und suchen nach Grassamen, auf der Spitze der Birke sitzt ein Hänfling und lockt halb lustig, halb wehmütig, und an den weißwolligen Schöpfen der hohen Haferdistel hängen zwei knallbunte Stieglitze, zwitschern fröhlich und picken die Samenkörner heraus.

Plötzlich fliegen sie ab, denn in den hohen, brauntrockenen Brennesseln hinter dem Haufen kopfgroßer Steinknollen raschelte es. Ein plattes Köpfchen mit schwarzen Augen taucht auf, verschwindet, ist wieder da, und nun sitzt oben auf dem Steinhaufen ein Wieselchen, schlüpft durch die fahle Mausegerste, kommt unter den Kletten zum Vorschein und verschwindet zwischen dem braunen Gestrüpp der Flockblumen, wohin das Geschrille der Spitzmäuse es lockt. Ein Goldammerhahn kommt angeschnurrt, läßt sich auf einem Pfahle nieder, lockt, wippt mit dem Schwanze, sträubt die Holle und burrt weiter. Dann ist auf einmal eine Haubenlerche da, die hurtig auf dem Sande umherrennt, ein Spinnchen fängt, einige Körnchen aufliest und mit weichem Geflöte von dannen fliegt, so daß der Sperber, der hinter der Birke hergeschwenkt kommt, mit leeren Fängen abziehen muß.

Dünne Vogelstimmen kommen näher; vier Pieper aus Nordland lassen sich vor den grauwolligen Mauseklee-büscheln nieder, trippeln hin und her, putzen sich ihr Gefieder, lesen Körnchen auf, tränken sich an der Regenpfütze und wandern weiter nach Süden. Über der Steilwand erscheint ein hellgefärbter Bussard, rüttelt eine Weile über der Stelle, wo er zwischen den braunen Johanniskrautstengeln eine Bewegung erspähte, und streicht dann fort, weil er das, was sich da rührte, als die Löffel des Hasen erkannte, der dort im Lager sitzt, und er weiß, daß er nicht stark genug ist, um den zu bezwingen. Über die silbernen Gänsefingerkrautblätter humpelt steifbeinig ein frostlahmer brauner Frosch; er will sich einen Unterschlupf suchen, wo er die harte Zeit verschlafen kann. Dasselbe hat eine winzige Kreuzkröte vor, die den dürren Ochsenzungenstauden zukriecht.

Laut schwatzend braust ein Flug Stadtsperlinge über die Grube hin. Dann läßt sich eine Nebelkrähe in ihr nieder, schreitet würdevoll auf und ab und sucht so lange, bis sie eine Käserinde findet, die die Sandfuhrleute fortwarfen, und mit der sie abfliegt. Ein Dompfaffenpärchen nimmt auf den Schlehen Platz, lockt zärtlich, verbeißt einige Knospen und strebt dem nahen Friedhof zu. Vor der Steilwand flattert ein alter Hausrotschwanz umher, schlüpft in eine der Uferschwalbenhöhlen, kommt wieder heraus, rüttelt vor einem anderen Loche, fängt dort eine Schnake weg, rennt an der Sandkante entlang, fliegt nach den Brombeeren, zerpflückt die letzte reife Beere, trippelt über die seidigschimmernden Moospolster, hascht eine Spinne und eine Fliege, und fort ist er.

Die Sonne ist hinter dem Hügelkopfe untergegangen; ihr Abglanz färbt den weißen Sand wärmer, und die bunten Kiesel darauf glühen und sprühen. Dann verliert sich das Leuchten am Himmel; die Luft wird grauer. Bleiche Eulenfalter flattern dahin; von der Steilwand ruft das Käuzchen. Quarrend fliegen die Krähen vorüber. Der Hase erhebt sich aus seiner Sasse, putzt sich das Fell, hoppelt unter dem Abhange entlang, sichert eine Weile und rückt dann zu Felde. Die Haubenlerchen sind wieder da, locken und schlüpfen zum Schlafe in das Gekräut. Unter den Kletten zwitschern die Spitzmäuse, in den Brombeeren rascheln die Waldmäuse. Es burrt laut, und ein Feldhuhnpaar fällt in der Grube ein, rennt über den Fahrweg und verschwindet in dem fahlen Gestrüpp. Jetzt lockt der Hahn und stiebt mit seiner Henne wieder ab; eine stromernde Katze trieb ihn fort.

Immer trüber wird es. Nach einer Stunde ist es Abend. Dann jagt die Schleiereule, die im Kirchturme wohnt, hier auf Mäuse, der Iltis stöbert hier umher, und ganz gewiß läßt sich auf seinem Wege nach dem Seeufer, wo er die Enten beschleichen will, auch der Fuchs es einfallen, der Kiesgrube einen kurzen Besuch abzustatten, um zuzusehen, ob er nicht einen Hasen oder ein Feldhuhn erwischen könne, oder sei es auch nur eine Maus, denn daran mangelt es hier nicht, weil das viele Gekräut den Mäusen durch seine Samenkörner reiche Nahrung bietet und die Grube trocken und warm gelegen ist, so daß sich es wintertags dort leben läßt.

So fehlt es selbst dann, wenn der Schnee festliegt, der Kiesgrube nicht an lustigem Leben, denn Tag für Tag stellen sich die Grünfinken, Stieglitze, Goldammern und Feldspatzen in ihr ein und suchen Sämereien. Am schönsten und lustigsten aber ist es zur Sommerszeit, wenn die Uferschwalben vor ihren Bruthöhlen auf und ab fliegen, der Steinschmätzer über das Geröll rennt, die Hänflinge schwatzen und die Grasmücke plaudert, und über dem bunten Gewirr von Distel, Färberkamille, Rittersporn, Löwenmaul, Johanniskraut, Minze, Klatschmohn und Fetthenne die Falter flattern und die Bienen summen. Dann ist das Sandloch unter dem Hügelkopfe so voll von Blumen, so laut und lebhaft von allerlei Getier, daß der, wer alles das schildern wollte, ein ganzes Buch darüber schreiben müßte.

DIE DORNHECKE

Es gab einmal eine Zeit, da sah die Feldmark so bunt und kraus aus wie eine Federzeichnung von Albrecht Dürer.

Jeder Grabenbord hatte sein Dorngestrüpp, jede Böschung ihr Gestrüpp, alle Teiche und Tümpel waren von Weiden und Erlen eingefaßt, und an Wildbirnbäumen, Kopfweiden und Pappeln war kein Mangel.

Dann kam die Verkoppelung, und aus war es mit der ganzen Herrlichkeit. Die Büsche und Bäume fielen überall unter der Axt, selbst da, wo sie niemand im Wege standen und keinen Schatten auf den Acker oder in die Wiese warfen. Kahl und langweilig wurde das Gelände und arm an Vogelsang und Falterflug, und alle die schönen bunten Blumen, die in dem Gebüsche wuchsen, verschwanden.

Eine einzige Hecke ist in der ganzen weiten, breiten Feldmark noch übriggeblieben. An der Wetterseite des Hohlweges zieht sie sich entlang und schützt ihn vor Erdrutsch und Schneeverwehung. Die Schlehe und der Weißdorn bilden mit Kreuzdorn und Heckenrose ein dichtes Gewirre, dessen Grund von Brombeeren, Himbeeren und Stachelbeeren besäumt wird, und dazwischen verschränken sich Nesseln, Disteln, Kletten und andere Stauden zu einem engen Verhau.

Wie ein mürrisches braunblaues Bollwerk steht jetzt die Hecke im überschneiten Felde. Man sieht es ihr nicht an, wie schön sie im Vorfrühling ist, wenn die Schlehen sich mit weißen Blüten bedecken, oder später, wenn der Weißdorn seine schimmernden, stark duftenden Dolden entfaltet, oder hinterher, brechen an den Rosenbüschen die reizenden Knospen auf. Aber auch wenn die Büsche selber nicht mehr blühen, bleibt es bis in den Herbst hinein noch bunt von blauen Glocken, roten Lichtnelken, weißem Labkraut und gelber Goldrute; wenn diese verwelken, schmücken sich die Zweige mit scharlachrotem und goldgelbem Laube, und fällt das ab, so funkeln, blitzen und leuchten die schwarzen, blauen und roten Beeren am kahlen Gezweige.

Mit dieser Pracht ist es nun auch fast zu Ende. Die Brombeeren sind abgefallen bis auf einige, die nicht mehr zur Reife kamen und nun verdorrt an den Stielen zwischen den eingeschrumpften Blättern hängen. Die Rosen haben zwar noch viele von den Hagebutten, doch sind sie von dem Nachtfroste verschrumpft und leuchten nicht mehr so herrlich, wie im Spätherbste, und auch die Mehlfäßchen an dem Weißdorne verloren ihr prächtiges Aussehen und fangen an, sich zu bräunen. Einzig und allein die Schlehen haben noch die meisten ihrer blaubereiften Früchte bewahrt, doch werden es von Tag zu Tag weniger, da Sturm und Regen sie nach und nach von den Zweigen reißen und zu Boden werfen. Dennoch ist die Hecke immer noch schön. Sie war es eben, wo sie als braunblaues Bollwerk von dem Schnee abstach, und ist es jetzt erst recht, denn die Sonne ist durchgekommen, und das verworrene Gezweige blitzt und schimmert und leuchtet, als bestände es aus Erz.

Auch fehlt es nicht an allerlei Leben. Zwar die Grasmücken und Braunellen, die sommertags hier umherschlüpfen und fleißig singen, sind verzogen, die Falter starben ab oder sitzen in Todesstarre in ihren Winterverstecken, wie auch der Laubfrosch, der in der schönen Zeit hier so oft lustig meckert, in seiner Erdhöhle die bitteren Tage verschläft, und die Eidechse, die im Sommersonnenscheine hin und her huscht, desgleichen tut; aber alle Augenblicke schwirrt oder burrt es heran, denn alles kleine Vogelvolk, das über die Feldmark dahinfliegt, macht hier gern Rast. Feld- und Haussperlinge fallen in ganzen Flügen ein, Buchfinken und Grünlinge, Stieglitze und Hänflinge, desgleichen die Goldammern und die plumpen Grauammern, die mit trockenem Geklapper fortfliegen, wenn ein Mensch den Weg entlangkommt.

Ab und zu stellt sich auch anderer Besuch ein. Da sind die wunderschönen Dompfaffen, die hier immer haltmachen, wenn sie den Wald mit den Obstgärten des

Dorfes vertauschen wollen, oder die Krammetsvögel, die von den höchsten Zweigen der Schlehdornbüsche Umschau halten, ehe sie zu Felde fallen. Dann und wann nimmt hier auch der Raubwürger aus Nordland Platz oder eine der Elstern, die in den hohen Pappeln des Gutes ihr Dornennest haben, oder einige Meisen suchen ein Weilchen in dem Gezweige nach Raupeneiern und wandern dann lustig lockend dem Walde oder dem Dorfe zu, und manchmal stöbert auch ein Eichelhäher da herum und tut sich an den Beeren gütlich, oder eine Krähe lauert am Boden auf eine Maus.

Die wohnen auch um diese Zeit in der Hecke, sowohl die braunen Waldmäuse wie die schön schwarzgestreiften Brandmäuse und auch die zierlichen Zwergmäuschen, denn sie finden im Laube allerlei Körner und Samen und dazu noch die abgefallenen dürren Beeren sowie manchen Käfer und allerlei anderes kleine Getier, das in dem trockenen Laube den Winter verschläft. Auch Feld- und Rötelmäuse gibt es dort sowie die dicke Wühlmaus, und deswegen läßt sich das Wiesel und das Hermelin oft da blicken, um auf sie zu jagen.

Die Sonne ist wieder fortgegangen, der Himmel wird grau, ein Wind macht sich auf, und es beginnt zu dämmern. Da kommt es mit lauten Locktönen herangeflattert. Die Goldammern sind es. Sie fallen auf den Zweigen ein, sträuben die gelben Schöpfchen, zucken mit den Schwänzen, zanken und zergen sich ein wenig und schlüpfen dann tief in das Gebüsch hinein, wo sie noch ein Weilchen herumrascheln, um dann einzuschlafen. Unter ihnen her schlüpft das Hermelin und wittert nach ihnen empor, traut sich aber wegen der scharfen Dornen nicht hinauf und huscht deshalb nach der Strohdieme, um dort auf die Mäusejagd zu gehen. Es beginnt verloren zu schneien. Allmählich fallen die Flocken dichter, bedecken die Saat und den Sturzacker und bleiben in den Zweigen der Hecke und auf dem Dürrlaube der Brombeeren hängen, alles verhüllend, was darunter schläft und atmet.

Morgen früh aber, wenn die Sonne kommt, beginnt es da wieder zu leben. Die Ammern erwachen, putzen ihr Gefieder und fliegen zu Felde. Die Spatzen kommen an, und die Finken, die im Walde geschlafen haben, und so vergeht keine Stunde, daß auf der Dornhecke nicht irgendwelches fröhliche Leben ist, während ringsum im Felde alles weiß und tot ist.

DER FICHTENWALD

Die Morgensonne steigt rund und rot über die verschneiten Kuppen; der Bergwald erwacht.

Lärmend fliegen die Krähen zu Tale, Häher flattern kreischend von Baum zu Baum, Goldfinken flöten im Unterholze, Zeisige zwitschern dahin, überall ertönt das Geklingel der Meise und das Gewisper der Goldhähnchen, zwischendurch auch das schneidende Gezeter der Amsel, die den zu seinem Bau schleichenden Fuchs erspäht hat.

Die Frostnebel weichen von der Bergwand, goldig erglänzen die Schneehänge, rosig färben sich die bereiften Fichten, silbern blitzt unter der Felswand der Wildbach. Da leidet es den Zaunkönig nicht, der im Ufergebüsche umherschlüpft; keck schmettert er sein Liedchen, und auch die Wasseramsel, die mitten im Bache auf einem gischtumrauschten Blocke sitzt, singt fröhlich die Sonne an.

Auf einmal singt es lustig hier aus dem Wipfel, und da und dort, hüben und drüben, nah und fern, laute und leise Locktöne erschallen, helle und tiefe, spitze und runde, und von Fichte zu Fichte fliegen rote und grünlichgelbe Vögel, hängen sich an die Äste, klettern an den Zweigen umher, schlüpfen dahinter, tauchen wieder auf, machen sich an den schimmernden Zapfen zu schaffen, zerklauben die größeren, kneifen die kleineren ab, sind emsig beim Fressen, putzen dazwischen ihr Gefieder, schnäbeln sich ein bißchen, zanken sich ein wenig und haben sich, als wäre es Mai.

Kreuzschnäbel sind es, die seltsamen Vögel, die hier zwischen Eis und Schnee ihre Brut aufziehen. Über hundert Paare haben sich die Wand hier als Brutstätte gewählt. Unstet waren sie in kleineren Trupps seit dem Frühsommer umhergestrichen, hatten bald oben in den Bergen, bald unten im Lande gelebt, bis um die Weihnachtszeit ein Flug die reichtragenden Fichten an dem sonnigen Abhange entdeckte und sich dort ansiedelte.

Andere Rotten, die vorüberstrichen, fanden sich dazu, und wenn es auch anfangs ein großes Gezanke um die Weibchen und ein bitteres Gezerre um die Neststände gab, mit der Zeit vertrug man sich hierum und darum.

Schneidend pfiff oft der Wind an dem Hang entlang, wild wirbelte der Schnee und hüllte die Fichten ein; die Kreuzschnäbel kümmerte es wenig. So fest und dick blieb er auf den Zweigen nicht liegen, daß er die Samenzapfen verdeckte, und sobald die Sonne ein wenig schien, sangen die purpurroten Männchen den grünlichgelben Weibchen lustig ihre Lieder vor, und beide brachen dann fleißig dürre Reiserchen, Heidkrautzweige und Grasblätter für die Außenwand des Nestes, das sie dann mit Moos und Flechten auspolsterten, daß es so dick und so fest und so weich und so warm wurde, wie es nötig ist, daß der Frost nicht bis zu den Eiern gelangen konnte.

Gut versteckt waren die Nester auch in den dichten Zweigen und fest genug hineingebaut. Mochte der Schnee auch noch so hart treiben, er kam höchstens mit einigen feinen Stäubchen bis zu den brütenden Weibchen hin. Und damit die Eier nicht kalt wurden, fütterte jedes Männchen sein Weibchen, so daß es das Nest nicht zu verlassen brauchte, als höchstens dann, wenn die Mittagssonne ganz warm schien und es sich sein Gefieder zurechtzupfte, es vom Harze reinigte und sich ein bißchen Bewegung machte. Während nun rundumher das Land im Schnee begraben lag und außer dem Gebimmel der Meisen und dem Gezirpse der Goldhähnchen oder einem Krähenschrei und einem Häherruf kein Laut zu hören war, entstand in den hundert und mehr verborgenen Nestern neues Leben.

Nun, wo der Winter nachts noch mit voller Macht hier am Berge herrscht, die Sonne aber schon größere Kraft hat und oft genug den Schnee über Mittag zum Tauen und Tröpfeln bringt, verlassen die jungen Kreuzschnäbel die Nester und wagen sich auf die Zweige hinaus, wo sie eng aneinandergedrängt sitzen, bis einer der alten Vögel herannaht und sie gierend und mit den Flügeln zitternd sich ihm entgegendrängen, um sich den

Schlund mit angequollenem Fichtensamen vollstopfen zu lassen. Der Frost macht hungrig, und so haben die alten Vögel von Sonnenaufgang bis zum Abend hin genug zu tun, um die drei oder vier immer freßlustigen Jungen satt zu machen.

Jeder von ihnen hat einen Fichtenzapfen vor und zerspellt mit dem sonderbaren Schnabel die harten, festanliegenden Schuppen, löst mit der Zunge das winzige Samenkorn heraus und läßt es in den Kropf rutschen. Hier hängt ein altes Weibchen kopfüber an einem Zapfen und bearbeitet ihn, daß es in einem fort leise knistert und immerzu winzige Teile der Schuppen, wie Goldstaub blitzend, auf den Schnee am Boden wirbeln, der davon und von den abgestreiften Nadeln und Flechten schon ganz buntgefärbt ist. Dort kneift ein purpurrotes Männchen einen kleinen Zapfen ab, trägt ihn mit dem Schnabel nach einem bequemen Ast und leert ihn da aus. Überall gieren die hungrigen Jungen, hier und da und dort zittern sie mit den Flügeln, in einem fort rieseln Nadeln herab, stäubt Schnee herunter, rundumher ertönt das seltsame Locken der alten Vögel und ab und zu das lustige Gezwitscher eines Hahnes, der auf einem Wipfeltriebe sitzt, daß sein rotes Gefieder in der Sonne nur so leuchtet.

Noch eine oder zwei Wochen wird das lustige Treiben und das bunte Leben hier oben in den hohen Wipfeln anhalten. Dann aber, wenn die Sonne den Schnee von der Bergwand vertreibt, wenn der Seidelbast sich mit rosenroten Blütchen schmückt und der Nießwurz seine grünlichen Blumen entfaltet, wenn die Meisen sich auf ihre Lieder besinnen und der Fink zu schlagen beginnt, werden die jungen Kreuzschnäbel flügge sein und mit den Alten von dannen ziehen, irgendwohin, wo die Fichten genügend tragen. Heute werden sie da sein, morgen dort, und um die Zeit, wenn alle anderen Vögel sich seßhaft machen und ihre Brut aufziehen, unstet und flüchtig hin und her wandern wie die Zigeuner. Irgendwo werden sie zur Winterszeit sich einen Wald suchen, wo sie Nahrung genug finden, entweder hier oben in den Bergen oder unten im Lande, je nachdem hier oder dort der Fichtensamen gerät. Vielleicht werden sie in eine Gegend verschlagen im flachen Lande, wo sie sonst nicht leben, und wenn sie dort um die Weihnachtszeit einen Wald mit unbekannten Farben und fremden Stimmen beleben, wird das Volk sie mit besorgten Mienen betrachten und meinen, sie brächten Krieg, Seuche und Teuerung.